불의 꽃

사랑, 치유 및 생존에 관한 이야기

Translated to Korean from the English version of
Fire Flowers

Ishita Roy

Ukiyoto Publishing

All global publishing rights are held by

Ukiyoto Publishing

Published in 2024

Content Copyright © Ishita Roy

ISBN 9789360490898

All rights reserved.

No part of this publication may be reproduced, transmitted, or stored in a retrieval system, in any form by any means, electronic, mechanical, photocopying, recording or otherwise, without the prior permission of the publisher.

The moral rights of the author have been asserted.

This is a work of fiction. Names, characters, businesses, places, events, locales, and incidents are either the products of the author's imagination or used in a fictitious manner. Any resemblance to actual persons, living or dead, or actual events is purely coincidental.

This book is sold subject to the condition that it shall not by way of trade or otherwise, be lent, resold, hired out or otherwise circulated, without the publisher's prior consent, in any form of binding or cover other than that in which it is published.

www.ukiyoto.com

내용물

프롤로그	1
1장: 눈에 불이 붙다	3
장: 호수	11
장: 악몽	28
장: 궁극의 진리, 교신	44
장: 생일 축하	61
장: 피해자	77
장: 열정의 새	94
장: 어린 소년	114
장: 진실에는 답이 없습니다	132
장: 작별 인사	150
장: 삶은 계속됩니다	166
장: 벚꽃	183
장: 심문	198
장: 재발	215

장: 결혼식	232
장: 과거의 패키지	250
장: 위협	267
장: 고백	286
에필로그:	308

프롤로그

은빛 금속에 키스한 태양은 무해한 햇살을 반사해 독화살로 변했습니다. 그녀가 눈을 뜨고 기념비를 바라보려고 애쓰는 동안 이 화살들은 무자비하게 발사되었습니다. 바로 그곳에서 그녀를 노려보고 있었습니다. 그녀가 그토록 잊고 싶었던 과거를 떠올리게 했다.

포격이 멈췄습니다. 기억이 밀려들기 시작했고, 그녀는 도움을 요청하는 비명도 지르지 못한 채 그 기억에 빠져들고 있었습니다.

안 돼! 안 돼! 지금 이러면 안 돼! 오늘은 안 돼!

"산치! 산치! 괜찮아? 재갈을 물린 것 같아." 바룬의 날카로운 목소리에 그녀는 다시 현실로 돌아왔다.

그녀가 뒤를 돌아보니 바룬이 머리 위로 미친 듯이 손을 흔들고 있었다. 그는 거의 10 피트 정도 떨어져 있었다. 이 잘생긴 청년이 할머니처럼 신음하며 불평하는 모습은 그녀를 웃게 만들었다.

2 불의 꽃

바룬은 언제나 그녀를 웃길 수 있었다. 그에게는 묘한 매력이 있었다. 그도 그녀와 같은 인턴이었지만 둘의 유대감은 단순한 동료 이상의 끈끈함이 있었습니다. 바룬은 옆집에 사는 완벽한 남자애처럼 보였어요. 날카로운 이목구비와 다정한 눈빛의 환상적인 조합을 가졌죠. 곱슬거리는 검은색 머리와 장난기 가득한 미소는 여자아이들의 마음을 설레게 했죠. 하지만 그는 운동에 있어서는 매우 게으른 사람이었습니다. 좋은 유전자를 타고나서 좋은 체격과 놀라운 신진대사를 가졌지만; 체력적인 면에서는 강아지처럼 고군분투했습니다.

지금 바룬은 산치의 관심을 끌기 위해 최선을 다하고 있었습니다. 산치가 바룬을 향해 미소를 지었을 때 바룬은 불과 몇 피트밖에 떨어져 있지 않았습니다. 그리고는 쓰러졌습니다.

1장: 눈에 불이 붙다

다 아는 사람처럼 서 있는 그를 보세요!

오, 산치도 괜찮아 보였어요! 눈을 크게 뜨고 쳐다보고 있었다고나 할까요. 전형적인 남성 쇼비니스트처럼 차려입고 있었죠. 머리부터 발끝까지 모든 브랜드 옷을 입고 있었죠. 빈민가에 가면 그렇게 입나요? 그것도 콜카타에서 가장 악명 높은 곳이에요. 왜 저런 사람을 우리를 이끌도록 보냈을까- 산치의 생각은 그녀의 분석 대상에 의해 방해 받았다.

"여러분, 좋은 아침입니다. 여러분도 아시다시피 엔젤 하트 자선단체에서는 매달 빈민가 방문을 매우 중요하게 생각합니다. 한 달 내내 여러분은 우리가 지정한 센터에서 아이들을 가르치기 위해 열심히 일합니다. 하지만 여러분은 튜터일 뿐만 아니라 멘토이기도 하다는 것을 기억하세요. 아이들에게 숙제를 내주고 성실히 완수하기를 기대하는 것은 쉬운 일입니다. 하지만 센터에서의 시간이 끝나면 아이들이 실제로 어떤 가정으로 돌아가는지 궁금한 적이 있나요? 이 날은 센터의 안락한 공간에서 벗어나 여러분이 멘토링하는 학생들의 입장이 되어 볼 수 있는 날입니다.

현지 어린이가 이끄는 7명씩의 그룹으로 나뉘어 샛길로 이동하고 학생의 집을 원활하게 방문할 수 있도록 도와줄 것입니다. 문제가 생기면 제 전화번호를 알려주세요."

모두들 이 친구의 번호를 저장하기 위해 휴대폰을 뒤적거렸습니다. 곧 조가 만들어졌고 각 조는 좁은 샛길로 구불구불하게 들어갔습니다. 산치의 첫 방문이었고, 양쪽으로 작은 집들이 늘어선 좁은 공간은 그녀를 숨 막히게 했습니다. 설상가상으로 전날 밤에 비가 와서 길은 진흙탕이었고 더러운 물이 곳곳에 고여 있었습니다. 부유한 집안 출신은 아니었지만 생활환경을 보고 나니 마치 공주가 된 것 같은 기분이 들었습니다.

어떤 방은 너무 좁아서 간신히 들어갈 수 있었고 한두 명은 밖에서 기다려야 했습니다. 그런 방에서 무려 아홉 명의 가족이 함께 지냈다고 생각해보면 말이죠! 말할 필요도 없이, 그런 판자촌에는 식수 시설이나 화장실이 없었습니다. 공용 시설을 이용하려면 슬럼가의 다른 쪽 끝으로 걸어가거나 너무 급한 경우에는 야외로 나가야 했습니다.

어떤 집은 더 크고 어떤 집은 기본적인 편의시설이 모두 갖춰진 제대로 된 집이었습니다. 하지만 한 가지 공통점이 있었습니다. 모든 학생 멘토들이 진심으로 환영받았다는 점입니다. 가족들의 고마움은 분명했습니다.

밖에서는 사람들이 흙으로 만든 숯불을 피워놓고 요리를 하고 있어 걸을 때 조심해야 했습니다. 한 공터에서 산치는 구슬과 임시 장난감을 가지고 노는 아이들을 발견했습니다. 아이들은 아무런 걱정 없이 웃고 낄낄거리며 자신들의 생활환경을 잊은 듯했습니다. 그녀가 매일 아침 동네에서 마주치는 아이들과는 너무나 대조적이었습니다. 연약하고 작은 어깨를 축 늘어뜨린 채 자기 몸집의 절반도 안 되는 배낭을 메고 스쿨버스를 향해 마지못해 걸어가는 아이들. 어른이 되어 웃을 수 있는 특권을 얻기 위해 치러야 할 대가일까요?

하지만 언제부터 어른들이 진심으로 미소를 지었을까, 산치는 궁금해졌습니다. 어쩌면 적절한 균형을 유지하기가 너무 까다로운 것일지도 모릅니다.

산치의 멘티들은 에임게임 세션을 조율하느라 바빴습니다. 이제 아이들은 게임을 통해 비판적 사고, 윤리, 규율을 재미있게 배울 수 있게 되었습니다. 1년이 끝나면 각 팀의 성적 상위 3명에게는 어린 시절부터 졸업할 때까지 전액 장학금이 수여됩니다. 고학년 아이들은 보통 멘토의 감독 하에 이러한 세션을 조율하는 데 도움을 줍니다. 산치는 그 멘토가 되고 싶었지만 오늘은 그 날이 아니었습니다.

다른 사람들과 마찬가지로 산치도 인생이 쉽지 않다는 것을 알고 있었습니다. 인도의 빈곤을 국제적인 규모로 보여주는 영화는 많이 봤지만, 실제로 대도시 한복판에 위치한 빈민가의 좁은 샛길을 걷는 것은 전혀 다른 경험이었습니다. 무엇보다도 그 경험은 그녀가 자신의 악마를 몰아내는 데 도움이 되었습니다. 산치는 나이팅게일은 아니었지만 소외된 사람들을 돕는다는 생각에 보람을 느꼈습니다. 산치의 어머니는 산치에게 자신이 얼마나 이기적이고 얄팍한 존재인지 일깨워줄 기회를 주지 않았습니다. 하지만 여기서 그녀는 자신이 필요하다고 느꼈습니다.

"또 그 표정 짓고 있구나, 산치." 큰 소리로 꾸르륵거리는 목소리가 들려왔습니다.

산치는 고개를 돌려 라이마가 자신을 보고 웃고 있는 것을 발견했다. 이 작은 에너지 덩어리는 산치에게 가장 친한 친구에 가까운 존재였다.

산치는 너무 많은 즐거움을 주는 사람이나 활동에서 멀어지는 버릇이 있었습니다. 스스로를 가두는 이 습관 때문에 그녀는 자신을 위해 좋은 일을 할 때마다 죄책감을 느낄 정도였습니다. 그녀는 대학에서도 친구를 많이 사귀지 못했습니다. 그녀가 어디에도 초대받지 못한 것은 아닙니다. 사실 그녀의 반 친구들과 선생님들은 그녀가 무슨 일을 하든 비난하는 소수의 사람들을 제외하고는 그녀의 상냥한 성격 때문에 그녀를 정말 좋아했습니다.

라이마는 그녀를 불필요하게 귀찮게 하거나 불편한 일을 강요하지 않았어요. 같은 프로젝트에 배정되었을 때부터 친해졌고 그 후로 계속 어울리기 시작했습니다. 라이마의 발랄한 성격은 산치도 무시할 수 없을 정도로 강렬했습니다.

"무슨 표정?" 산치가 물었습니다.

라이마는 "좋은 일이나 사람을 만나지 못할 때 짓는 표정"이라고 강조했습니다. "아라브를 확인하고 있었다는 거 알아요. 그러면 아마 스스로 생각을 방해하고 그를 너무 좋은 사람이라고 무시했을 거예요."

"그렇지 않나요?" 산치의 질문은 다음 집을 향해 빠른 발걸음을 옮기면서 대답처럼 들렸습니다.

"눈에 띄게 잘생겼다고 해서 모두 바람둥이는 아니잖아요. 이 남자는 모든 조건에 맞는 것 같네요. 사실, 다른 지원자들보다 당신을 더 알아본 것 같았어요." 라이마는 산치를 따라잡으며 헐떡였다.

라이마답다! 산치가 생각했습니다. 가장 이상한 곳에서 로맨스를 찾으려고 노력하다니.

그렇게 몇 시간이 지나고 곧 지역 학교 앞에 모여 관찰한 것에 대해 간단히 토론할 시간이 되었습니다.

산치 일행은 가장 늦게 도착했고, 아라브의 목소리에 깜짝 놀랐습니다."공유하고 싶은 흥미로운 관찰 결과가 있나요, 산치?"

그가 내 이름을 어떻게 알았을까? 하지만 그녀는 코디네이터인 그가 모든 사람의 이름을 기억하고 있을 거라고 생각했습니다.

"어... 집의 크기와 거주자 수 사이에는 간접적인 상관관계가 있는 것 같았어요. 대가족일수록 작은 집에 사는 반면, 적당한 집에 사는 가족은 최대 2~3명의 자녀가 있는 것 같았어요."

"맞아요! 그래서 교육과 가족 계획이 중요한 것입니다. 우리 센터에서는 특히 어머니와 여성 가족 구성원을 위한 세션을 개최합니다..."

아라브는 이렇게 중요한 주제에 대해 이야기하고 있었지만, 산치의 관심을 끄는 또 다른 것이 있었습니다. 그녀는 창문을 통해 연기가 들어오는 것을 볼 수 있었습니다. 연기가 짙어지자 그녀는 숨이 막히는 느낌을 받았습니다. 이마에 땀방울이 맺혔고 그녀는 움직일 수 없었습니다. 그리고는 정신을 잃었습니다.

마지막으로 기억나는 것은 누군가가 그녀를 일으켜 세우며 숨을 쉬라고 말한 것입니다.

장: 호수

"산치! 산치! 일어나!"

산치는 자신의 이름을 부르는 희미한 목소리를 들을 수 있었다. 의식을 되찾자 산치는 누군가의 품에 안긴 것 같은 기분이 들었습니다. 강하고, 안전하고, 보호받는 느낌이었죠. 밖에서 소각되는 쓰레기 냄새는 이국적인 사향 냄새와 함께 희미해졌습니다.

"이봐요... 냄새 맡았어요?"

그런 말은 라이마에게 맡겨두자. 이제야 산치는 정신을 차렸지만 부끄러워서 감히 눈을 뜨지 못했다.

"왜 안 올라오지? 물을 좀 뿌려야 할 것 같아요."

산치는 라이마가 실제로 눈을 뜰 때까지 포기하지 않을 거라는 걸 알았고, 천천히 눈을 떴습니다. 하지만 그녀가 처음 본 사람은 라이마가 아니었습니다.

아라브가 걱정스러운 표정으로 그녀를 뚫어져라 바라보고 있었죠. 그녀는 천천히 그의 팔에서 몸을 떼어내고 일어섰다.

"오, 놀랐잖아!" 라이마가 곰 포옹을 하자 산치는 간신히 일어섰습니다.

"난 괜찮아, 고마워..... 그냥 기절했을 뿐이야...코즈...." 산치는 더듬거리며 말을 이어갔습니다. 방 안의 모든 사람들이 그녀를 쳐다보고 있었다.

"그만해. 우리가 그녀를 불편하게 만들고 있어요." 아라브가 마침내 말을 꺼냈다. "오늘은 이쯤에서 토론을 끝내도록 합시다. 다음 주에 센터에서 봅시다. 그동안 여러분이 관찰하고 제안한 사항에 대해 간단한 보고서를 보내주세요."

산치는 사람들이 흩어지기를 기다렸다.

"괜찮아요, 산치? 집까지 태워다 줄게요." 아라브는 여전히 그녀를 열심히 바라보고 있었다.

"그럼 좋죠! 고마워요!" 산치가 대답하기도 전에 라이마가 대답했다.

두 소녀는 아라브를 따라 꽤 멀리 떨어진 곳에 주차된 아라브의 차까지 갔다. 모두가 편안하게 자리에 앉은 후에야 산치가 말을 꺼냈다. "회의를 망쳐서 미안해"

"아무것도 망치지 않았어요. 우린 거의 논의를 끝낸 상태였어요." 아라브가 백미러를 통해 직접 눈을 마주치며 말했습니다. "하지만 뭐가 잘못되었는지 물어봐도 될까요? 전에도 이런 일이 있었나요?"

산치는 계속 창밖을 응시했습니다. 그녀의 머릿속은 공황 발작을 처음 겪었을 때로 돌아갔습니다. 10년 전이었다.

"산치는 불을 무서워해요. 교실로 연기가 들어오면 마치 건물에 불이 난 것처럼 느껴졌어요." 라이마가 말했습니다.

이럴 때면 산치는 아무것도 설명할 필요가 없다는 사실이 다행이라고 생각했습니다. 대낮에 고통스러운 기억을 떠올려봐야 소용이 없으니까요. 밤에는 이미 그것들이 그녀를 괴롭히는 것으로 충분합니다. 그녀가 고소공포증이 있다고 말하는 것이 훨씬 쉽습니다.

"우리 모두는 각자의 두려움을 가지고 있습니다." 아라브는 무언가 고민하는 것 같았습니다. "때로는 마음을 훈련하는 것보다 몸을 훈련하는 것이 더 쉬울 때가 있어요. 제 불안을 진정시키는 데 확실히 도움이 되었어요."

갑자기 라이마의 얼굴이 밝아졌습니다. "제가 말씀드렸던 운동법 기억하시죠?" 그녀가 산치 쪽으로 몸을 돌리며 말했습니다. "있잖아요! 저 드디어 결심했어요. 하지만 제가 훈련이 부족하다는 걸 알잖아요. 그래서 더 많은 책임감이 필요해요. 이럴 때 친구 시스템이 가장 효과적이에요! 네가 내 운동 친구가 되어줄 거지?" 라이마는 마지막 말 한 마디 한 마디를 강조하며 강아지 같은 눈빛으로 산치를 바라보았다.

"어...대단한 라이마...정말 기뻐...하지만 난...어...난 이걸 할 사람이 아닌데...."

"그만!" 산치의 애원은 라이마에 의해 끊어졌다. "넌 매달 병에 걸리잖아. 이유를 생각해보지 않았어? 당신의 면역력이 당신에게 비명을 지르고 있어요! 운동도 면역력을 높일 수 있다고요! 안 된다는 대답은 안 들을게요. 내일 오전 6 시에 뵙겠습니다. 나한테 고마워할 거야"

산치는 라이마의 말이 사실이고 아침에 신선한 공기를 마시는 것이 그녀에게 많은 도움이 될 것이라는 것을 알고 있었습니다. 하지만 한 번도 해본 적이 없는 일이었고 산치는 자신이 이 일에 적합하지 않다는 것을 알고 있었습니다.

"라이마 말이 맞아요." 아라브가 말했습니다. "저는 매일 아침 다쿠리아 호수에 가서 달리기를 해요. 여러분도 원하시면 함께 하세요."

" 좋아요!" 라이마가 소리를 지르며 아라브에게 차를 세우라고 신호를 보냈다. "라이마의 집에 도착했고 우리 집은 조금만 더 가면 돼요. 태워줘서 고마워요."

아라브는 두 소녀가 집에 들어올 때까지 기다렸다가 입가에 살짝 미소를 띠며 차를 몰았습니다. 그가 무언가에 호기심을 느낀 건 정말 오랜만이었다. 하지만 헐렁한 옷을 입고 입술이 가득 찬 웨이브 머리 소녀는 그를 궁금하게 만들었습니다. 마치 자신의 아름다움을 감추기 위해 옷을 입은 것 같았다. 그녀는 때때로 혼란스러워 보였지만 그녀의 눈빛은 많은 것을 말해주고 있었다. 그 눈동자는 바다처럼 깊었고 아라브는 그 어두운 물속에 무엇이 있는지 알고 싶었습니다.

*****

다음 날 아침 아라브는 그녀가 나타날지 안 나타날지 궁금했습니다. 오전 5 시 45 분, 라빈드라 사로바는 이미 다양한 아침 활동으로 북적거리고 있었습니다.

다양한 연령대의 사람들이 각기 다른 이유로 이곳에 모여들었지만 호수에 대한 사랑으로 하나가 되었습니다. 다쿠리아 호수라고도 불리는 이곳은 남부 콜카타의 심장이자 폐라고도 불립니다.

호수를 따라 늘어선 나무 군단은 이 대도시 남부의 배기가스 배출에 대항할 수 있는 충분한 산소를 뿜어냅니다. 다음은 문화적, 유산적 가치입니다.

식물학에 관심이 있는 분들을 위해 수천 년 된 나무들이 상당수 보존되어 있고 라벨이 붙어 있습니다. 철새들은 이 호수를 절대적으로 사랑하며 자연 사진가들이 면밀히 기록하고 있습니다.

예술가들은 자신의 뮤즈를 찾기 위해 라빈드라 사로바를 찾습니다. 화가들은 빛과 그림자 속에서 그림을 그리고, 음악가들은 지나가는 행인들 앞에서 새로운 멜로디를 시도하며, 작가들은 호수가 주는 고요함에 빠져듭니다. 일부 창의적인 댄서들은 특정 요일에 무료 살사 수업을 제공하기도 합니다!

호수에는 국내 및 국제 대회에 참가하는 여러 수영 및 조정 클럽이 있습니다. 새로운 기술을 배우고자 하는 아마추어들에게도 개방되어 있습니다.

오늘은 아침 워킹이 한창이었고, 많은 사람들이 이미 한 바퀴를 완주한 상태였습니다.

 하지만 아라브가 맞이한 것은 새들의 지저귐만이 아니었습니다. 헐렁한 검은색 티셔츠와 헐렁한 갈색 바지를 입은 산치의 모습이 아라브를 미소

짓게 만들었습니다. 그녀는 달리기에 완벽한 복장을 한 절친과 나란히 걸었습니다. 아라브는 둘이 더 이상 떨어져 있을 수 없다고 생각했습니다. 하지만 우정이란 결국 다름을 포용하는 것이니까요.

아침 햇살이 호수의 물결을 밝게 비추고 있었습니다. "안녕, 아가씨들! 다들 왔구나!" 아라브가 따뜻하게 말했습니다. "몇 가지 기본 스트레칭을 하고 조깅하러 가자고요."

산치는 마지못해 이 모든 과정을 거쳤다. 그녀는 섬뜩할 정도로 조용했다.

"알았어요. 내가 먼저 갈게요. 30분 후에 봐요." 라이마가 힘차게 걸음을 재촉하며 말했다. 그녀는 다른 두 사람이 대답하기도 전에 사라졌다.

"네 친구는 오늘 정말 흥분한 것 같구나. 하지만 첫날에 무리하면 몸에 좋지 않아요. 처음에는 체력을 키우는 데 집중하는 것이 좋습니다. 빠르게 걷기부터 시작해서 조깅으로 넘어가 봅시다. 괜찮겠어요, 산치?" 아라브는 산치에게서 반응을 이끌어내려고 애썼지만 산치는 무표정했습니다.

아라브가 얼음을 어떻게 깨야 할지 머리를 쥐어짜고 있을 때 두 명의 여자아이가 지나갔습니다. 아이들은 쫓고 쫓기는 게임을 하고 있었는데, 한 아이가 산치와 부딪혔습니다. "미안해, 디." 그녀는 이빨 빠진 미소를 지으며 말했다. 산치의 태도가 순식간에 바뀌었다. 그녀는 다시 미소를 지으며 어린 소녀의 머리를 쓰다듬었다. 그녀는 게임을 계속하는 소녀들을 애틋하게 바라보았다.

"여기 와본 적 있어요?" 아라브는 완벽한 감탄사를 찾아냈습니다.

"네. 어렸을 때 부모님과 함께 여기 왔었어요. 하지만 많은 것이 바뀐 것 같네요." 산치는 처음으로 주변을 둘러보았습니다.

아라브와 산치는 힘차게 걷기 시작했습니다. 다쿠리아 호수 주변에는 각각 특색 있는 작은 들판과 공원이 많이 있습니다. 라이온스 사파리 파크는 모든 사람에게 무언가를 제공하는 가장 유명한 곳입니다. 어른들을 위한 전용 야외 운동기구, 별도의 달리기 및 조깅 코스, 자갈이

깔린 침술 코스, 아이들을 위한 모래 놀이터와 정글짐이 있는 놀이터, 미니 동물원까지 마련되어 있습니다. 이곳에서 30분 후에 라이마를 만나기로 한 곳입니다.

그들은 다양한 사람들을 지나쳤습니다. 어떤 사람들은 호수를 따라 늘어선 벤치에서 프라나야마를 연습하고있었습니다. 다른 사람들은 규칙적인 운동을 계속했습니다. 몇몇은 요가 매트를 가져왔다. 갑자기 일제히 큰 웃음소리가 그들을 맞이했습니다. 멀리서 한 무리의 사람들이 손을 허공에 흔들며 심호흡을 하고 힘차게 웃는 모습을 볼 수 있었습니다. 산치는 웃음 동아리의 효과와 가입이 자신에게 실제로 도움이 될지 궁금해졌습니다.

곧 그들은 크리켓 코칭 그라운드를 지나갔습니다. 야심찬 젊은이들이 하얀 옷을 입고 땀을 흘리고 있었습니다. 호수 주변은 활기찬 활동으로 가득했습니다. 연례 조정 선수권 대회가 코앞에 다가오면서 여러 대의 보트가 서로 경주를 벌이는 모습이 눈에 띄었습니다. 노를 젓는 선수들의 조화로운 움직임이 장관을 이루었습니다.

"기분이 정말 멋지지 않나요, 산치? 이곳은 에너지가 넘쳐나서 가만히 앉아 주변을 관찰하는 것만으로도 기분이 좋아질 거예요." 아라브의 미소는 전염성이 강했다.

"맞아요. 저희를 추월하는 노인들을 많이 봤어요. 운동은 정말 나이를 먹지 않게 하죠." 산치가 대답했습니다.

"왜 그렇게 무기력해 보이는지 물어봐도 될까요, 산치? 무슨 일이 있으신가요?" 아라브는 계속 질문을 이어갔습니다.

"아뇨... 어젯밤에 잠을 충분히 못 잤어요..." 산치가 머뭇거리며 대답했다.

산치는 자신도 주변 사람들이 가진 에너지의 일부라도 갖고 싶다고 생각했습니다. 방법이 있다면....

"이봐요, 잠시만 생각에서 벗어나 주위를 둘러볼 수 있을까요?" 아라브의 말투는 친절하면서도 단호했습니다. "어제부터 당신을 관찰하고 있었어요. 무엇이 당신을 방해하고 있는지 모르겠지만 지금 이 순간을 사는 법을 배워야 해요."

산치는 처음으로 아라브를 바라보며 뇌가 인식할 수 있는 방식으로 그를 관찰했습니다. 그의 흰색 티는 잘 관리된 체격을 강조했습니다. 어제 산치를 안고 있던 근육질의 팔이 선명하게 보였습니다. 그의 얼굴에 내리쬐는 햇살은 마치 대리석으로 깎아낸 것 같았다.

"어제보다 더 잘생겼네!" 산치는 순간적으로 자신의 말을 후회하며 말했다.

"뭐! 어... 고마워요." 아라브는 어떻게 대답해야 할지 몰랐다. "그럼 어제도 내가 잘생겼다는 말이야? "

"그건...음...아니...내 말은...넌 흰색이 잘 어울린다는 거야!" 산치는 말을 삼키고 싶었다.

"어...관찰해줘서 고마워요. 하지만 내 말은 당신 주변에서 일어나는 일들을 관찰해 달라는 거였지,

특별히 나를 관찰해 달라는 뜻은 아니었어요." 아라브가 거의 놀리는 듯이 말했다.

산치의 뺨이 분홍빛으로 변했다. "네, 물론이죠."

둘은 한동안 조용히 걸었다. 이번에는 산치가 정말 모든 광경과 소리를 받아들이려고 노력했습니다.

"이제 기분이 훨씬 나아졌어요. 고마워요." 산치가 마침내 말했다. "매일 여기 오세요?"

"거의 매일요. 특히 기운이 없는 날에는 더 많이 와요. 이곳은 제 스트레스 해소처이자 에너지 부스터예요. 저기 저기 보이시죠?" 아라브는 근처 나뭇가지로 그늘이 잘 드리워진 곳을 가리키고 있었습니다. "제가 가장 좋아하는 장소예요. 저기서 호수 전체를 볼 수 있어요."

다쿠리아 호수에는 자갈길이 늘어서 있습니다. 길 바깥쪽에 늘어선 나무들이 아름다운 프레임을 형성하고 있습니다. 길 안쪽은 누군가 호수에 빠질까 봐 쇠사슬로 묶여 있습니다. 하지만 쇠사슬도 미학적으로 디자인되어 있습니다.

" 그래서 저 나무 밑에 앉고 싶어요?" 산치가 물었다.

"나무는 괜찮지만 제가 보여드릴게요." 아라브가 먼저 가서 쇠사슬을 풀고 바로 밑으로 미끄러져 내려가 절벽에 앉았습니다. "이리 와, 순찰대가 와서 우리를 쫓아내기 전에 잠시 앉아있자."

"어... 너무 모험적이지 않아요?" 산치가 망설였다.

"어서요, 잠시 대담해지는 것도 재미있잖아요." 아라브는 산치를 향해 손을 뻗었다.

산치는 낭떠러지 너머를 바라보며 아드레날린이 솟구치는 것을 느꼈다. 그녀는 두려움을 느꼈지만 아라브가 뻗은 팔을 보았습니다. 어제까지만 해도 자신을 안전하게 느끼게 해줬던 팔이었죠. 그녀는 거의 무의식적으로 그의 손을 잡았다. 그다음 그녀가 깨달은 것은 그녀가 아라브의 바로 옆에 앉아 호수 가장자리에 발을 매달고 있다는 것이었습니다. 이것은 산치가 아주 오랜만에 한 가장 즉흥적인 행동이었습니다. 그녀는 손을 뻗어 깊게 숨을 들이마셨다.

"봐요, 해방감이 느껴지지 않아요?" 아라브가 미소 지었다. "그건 그렇고, 수영할 줄 알아요?"

산치는 갑자기 호수에 빠지면 어쩔 도리가 없다는 사실을 깨달았다.

"걱정하지 마세요. 내가 널 떨어뜨리지 않을 거야." 아라브가 안심시키며 말했습니다. "인도 인명 구조 협회의 트레이너들은 정말 훌륭해요. 당신도 가입하세요. 1 킬로미터밖에 안 떨어져 있어요. 제가 회원이라서 보증할 수 있어요."

그도 수영 선수였군요. 그래서 체격이 설명이 된다고 산치는 생각했습니다."원래부터 운동을 했나요?" 그녀가 물었습니다.

아라브는 대답하기 전에 잠시 멈칫했습니다. "믿기 어렵겠지만 저는 예리한 정신력을 가졌음에도 불구하고 매우 약한 아이였어요. 마음이 무너지기 시작하고 혼돈을 통제할 수 없게 되었을 때야 비로소 이를 극복하기 위해 몸을 단련하기 시작했고, 많은 노력 끝에 지금의 몸매를 갖추게 되었죠."

"그럼 마음은요?" 산치가 큰 소리로 물었습니다.

"마음도 결국 제자리를 찾아야 합니다. 운동을 하면 우리 몸은 행복 호르몬으로 알려진 세로토닌과 도파민을 분비합니다. 이 호르몬을 꾸준히 투여하면 아무리 깊은 수렁에 빠져 있어도 기분이 나아질 수밖에 없죠."

"실례합니다. 경계를 넘으면 안 돼요. 제발 돌아와요." 목에 호루라기를 건 한 남자가 그들에게 돌아오라고 신호를 보냈다.

아라브와 산치는 재빨리 일어나 주요 경로로 돌아갔다.

"저녁이 되면 이곳의 분위기가 완전히 달라집니다. 보통 커플들로 가득 차 있고, 순찰대원들이 그들의 애정 표현을 막을 수 있는 방법이 거의 없어요." 아라브가 중얼거렸습니다.

그도 그런 커플의 일원이었는지 산치는 궁금했다.

출발한 지 45 분이 지났고 사파리 파크의 라이온스에 거의 도착했습니다. 저 멀리서 손을 흔드는 라이마가 보였습니다. 아라브는 손을 흔들며 산치를 바라보았다. 하지만 마치 유령을 본 것 같았습니다. 산치는 얼어붙어 있었다.

"산치! 산치, 무슨 일이야?" 아라브는 산치의 어깨에 손을 얹고 산치를 살짝 흔들었다.

산치는 천천히 아라브 쪽으로 고개를 돌렸다. 산치가 다음에 한 말은 힘이 많이 들었지만 크고 또렷하게 말했다.

"아라브, 날 구해줘."

장: 악몽

산치는 자신의 사생활을 낯선 사람과 공유한 적이 없습니다. 어릴 적부터 동정과 동정심은 구경꾼들 앞에서 자신감을 서서히 부식시키는 녹과 같다는 것을 깨달았기 때문입니다. 공감은 신화이며, 직접 경험하지 않는 한 아무도 당신의 감정을 진정으로 이해할 수 없습니다. 그들은 사건과 감정에 대해 이해하는 척하고 부정확한 버전을 제시할 뿐입니다. 그래서 산치는 문을 닫고 아무도 들여보내지 않았습니다.

산치를 괴롭히는 악몽도 같은 유형이었어요. 연기로 가득 찬 어두운 방. 처음에 그녀는 문을 열려고 했지만 문이 열리지 않았습니다. 그녀는 도와달라고 비명을 질렀지만 아무도 들어줄 사람이 없었습니다. 갑자기 벽이 화염에 휩싸였습니다. 피부를 태우는 열기가 그녀의 영혼을 삼키는 것 같았습니다. 그녀는 비명을 지르며 깨어날 때까지 숨을 헐떡였습니다. 하지만 산치는 이런 일이 악몽일 뿐이고 언제나 깨어날 수 있다는 사실에 늘 감사했습니다.

어젯밤도 다르지 않았습니다. 다만 아라브가 자신의 이름을 부르며 일어나라고 말하는 희미한 목소리가 들렸다는 것만 빼고는요. 언제나처럼, 그녀는 땀에 흠뻑 젖어 숨을 헐떡이며 깨어났습니다. 곧 아라브를 직접 만날 시간이었지만 산치는 아라브가 그녀를 현실로 끌어낼 때까지 주변을 의식하지 못했고, 아라브는 정말 고마워했습니다.

라이온스 사파리 파크 입구 근처에는 10년 전 AMRI 병원에서 발생한 끔찍한 화재로 목숨을 잃은 사람들을 기리기 위한 추모비가 세워져 있었습니다. 산치는 그 구조물을 보자마자 발걸음이 멈췄습니다. 그녀는 폐에서 공기가 빠져나가는 것을 느꼈습니다. 그때 아라브가 그녀의 시야를 가려주었습니다. 산치는 평소 공황 발작을 일으켰을 때와는 달리 의식을 잃지 않았습니다. 그리고 그때 그녀는 생전 처음으로 그 말을 내뱉었습니다.

"아라브, 살려줘요."

대답은 단호하고 분명했습니다.

"이봐요, 날 봐요." 아라브가 손으로 산치의 뺨을 어루만지며 그녀의 얼굴을 부드럽게 들어올렸습니다. "나 여기 있어요, 산치. 무엇이 당신에게 이토록 큰 고통을 주는지 모르겠고, 당신이 직접 말하지 않는 한 절대 묻지 않을 거예요. 하지만 당신은 혼자가 아니라는 것을 알아주세요. 내가 정신적 장벽을 넘을 수 있도록 도와주겠다고 약속할게요. 저만 믿으세요, 알았죠?"

그의 손에서 느껴지는 따스함이 산치에게 안도감을 주었습니다. 산치에게 사생활을 지켜주고 무조건적인 도움을 준 사람은 아무도 없었기 때문입니다. 하지만 잠깐만요. 이건 너무 좋은 거 아닌가요?

산치는 얼굴을 떼어냈다. 이제야 호흡이 정상으로 돌아왔다. "미안해. 내가 잠시 정신을 잃었어. 너무 많이 생각하지 마세요."

"산치, 난 아무 데도 안 가. 준비되면 언제든 전화해." 아라브는 다음 몇 마디를 말하기 전에 잠시 멈칫했다. "내가 당신에게 호의를 베풀고 있다고 생각하지 마세요. 제가 어두운 시기를 겪었고 그 모든 것을 혼자서 헤쳐나가야 했기 때문이에요. 누군가 제 손을 잡아주고 길을 안내해 주었으면 좋았을 거예요. 제가 그런 사람이 되고 싶어요."

그때쯤 라이마가 두 사람을 따라잡았습니다. "무슨 일이에요? 왜 이렇게 오래 걸렸어요?

"아무것도 아니에요. 그냥 경치를 즐기느라 시간 가는 줄 몰랐어요." 아라브가 대답했습니다. "이제 집에 가세요. 산치가 좀 지친 것 같아. 다음에 뵙죠."

그들은 출구를 향해 걸어가다가 그곳에서 헤어졌다. 산치는 라이마의 스쿠터에 올라타 백미러에 비친 아아라브의 점점 작아지는 모습을 바라보았다.

"이제 다 말해봐, 산치. 무슨 얘기 했어?" 라이마가 신이 나서 물었다.

"그냥 아무 얘기나 했어요. 눈에 보이는 것보다 더 많은 것이 그에게 있어요." 산치가 말했다.

"그리고 눈에 보이는 것도 똑같이 맛있지 않나요?" 라이마가 놀리더군요. "꼭 사귀어야 해요."

"또 시작이네. 네 상상력이 너무 과하잖아." 산치는 절친의 대담함에 반쯤 미소를 지으며 말했다.

남은 시간 동안 산치는 아라브에 대한 자신의 반응이 너무 충동적이었던 건 아닌지 생각했습니다. 분명 그녀는 자신의 문제는 스스로 해결할 수 있을 것이다. 아라브와 엮이지 않는 것이 최선이라고 그녀는 결심했다.

"가 봐요. 내일 봐요, 안녕" 라이마는 산치를 내려주고 작별 인사를 했다.

산치는 오늘 아침 끌려온 것이 진심으로 행복하고 감사하게 느껴졌다. 그녀는 정문을 열면서 미소를 지었습니다. 그녀는 이 사실을 어머니와 빨리 공유하고 싶었습니다. 어머니도 아침 산책을 하도록 용기를 북돋아 줄 수 있을지도 모릅니다. 결국, 아빠가 떠난 뒤에는 둘만 남았으니까요.

"엄마. 우리 언제 아침에 라빈드라 사로바에 가자. 마음에 드실 거예요." 엄마가 문을 열자마자 산치가 말했다. 하지만 식탁 위에 놓인 위스키 병을 보자마자 그녀의 흥분은 사라졌습니다.

"엄마, 다신 그거 만지지 않겠다고 약속했잖아요." 산치가 내면에서 치솟는 감정을 억누르려고 목소리를 떨며 말했다.

"말도 안 되는 소리 하지 마, 이 마녀야. 넌 내게서 모두를 빼앗아갔어. 그리고 이제 내가 가진 유일한 안도감마저 빼앗아 가려고 하잖아." 그녀의 어머니가 잔을 따라주며 말했다.

"엄마 그만해요, 제발. 당신은 제정신이 아니에요." 산치가 간청했다. 그녀의 눈은 방 안을 훑어보다가 그들이 가지고 있던 한 가족의 초상화에 집중했습니다. 두 어린 소녀가 손을 잡고 있는 모습과 어깨 너머로 자랑스러운 부모님의 모습이 담겨 있었습니다. 그녀는 아직도 그날을 생생하게 기억하고 있었습니다.

산비의 여동생 슈루티가 수학 올림피아드에서 우승한 날이었죠. 부모님은 얼마나 기뻐하고 자랑스러워했을까요! 슈루티는 겨우 여덟 살이었지만 모두가 신동으로 여겼습니다. 이에 비해 열한 살의 산치는 창백해 보였을 것은 말할 필요도 없죠.

산치는 그림처럼 완벽한 언니에 비해 무시당하는 데 익숙해져 있었습니다. 때때로 그녀는 언니가 지구상에서 사라졌으면 좋겠다고 생각했습니다. 언니만큼 똑똑해지기 위해 얼마나 열심히 공부해야 하는지 듣는 것도 지겨웠습니다.

그 날, 상장을 수여하고 돌아온 산치는 장난을 치기로 결심했습니다. 저녁에 슈루티를 근처 버려진 공원으로 데려가 숨바꼭질 게임에서 산치를 찾으면 산치가 가장 좋아하는 아이스크림을 사주겠다고 약속했습니다.

"눈을 감고 열까지 세어보세요. 속임수는 안 돼요." 작은 산치가 낄낄거리며 말했다. 슈루티가 눈을 감는 순간 산치는 밖에서 공원 문을 잠갔습니다. 이 문은 약간 결함이 있었습니다. 밖에서 잠기면 안에서 여는 것이 거의 불가능했고, 특히 어린 아이에게는 더욱 그러했습니다. 산치는 나무 뒤에 숨어 슈루티를 멀리서 지켜보았습니다. 그녀가 미처 깨닫지 못했던 것은 슈루티가 공원에 혼자가 아니라는 사실입니다.

처음에 그녀는 슈루티가 혼란스러운 표정으로 산치의 이름을 부르는 것을 볼 수 있었습니다. 그러자 그림자 속에서 키가 큰 형체가 모습을 드러냈습니다. 산치는 당황하기 시작했습니다. 그러다 슈루티가 도와달라고 비명을 지르는 소리를 들었죠. 문이 잠긴 것을 확인한 슈루티는 공원 반대편으로 달려가 산치의 시야에서 벗어났습니다. 산치는 재빨리 길을 가로질러 달려가 최대한 재빨리 문을 열려고 했습니다.

"슈루티! 슈루티! 어디 있니?" 산치의 목소리가 떨리는 목소리로 외쳤다. 희미한 가로등 불빛에 비친 그림자 같은 형체가 경계벽에서 튀어나온 난간을 타고 탈출을 시도하는 슈루티를 향해 다가오는 것이 보였다. 산치는 여동생을 쫓는 남자를 향해 달려갔습니다. 산치는 두 번 생각할 겨를도 없이 커다란 돌을 집어 그에게 던졌습니다. 돌이 그의 머리에 맞았고 그는 무릎을 꿇었습니다.

이제 이 소동은 지나가던 사람들의 시선을 끌었습니다. 사람들은 공원으로 몰려들기 시작했고 곧 범인이 잡혔습니다. 하지만 그들은 슈루티를 볼 수 없었습니다. 산치는 여동생을 마지막으로 본 장소로 달려갔습니다. 그녀는 난간에 올라가 경계벽 너머를 들여다보았습니다. 놀랍게도 그녀는 반대편에 의식을 잃고 누워 있는 여동생을 보았습니다.

그 후 몇 시간은 안개 속에서 지나갔습니다. 산치가 정신을 차렸을 때는 이미 병원에 도착해 있었고 슈루티는 수술 중이었습니다. 산치의 어머니는 히스테리를 일으켰고 아버지는 눈물을 참으려고 애썼습니다.

"따님은 이제 위험에서 벗어났습니다. 다행히도 머리에 난 상처가 깊지 않고 가벼운 골절상을 입었습니다. 하지만 며칠 동안 경과를 지켜봐야 합니다." 수술실에서 나온 의사가 말했다. 산치의 부모는 안도의 한숨을 내쉬었습니다. 어린 딸이 무사하다는 사실에 너무 감사한 나머지 큰아이를 야단치거나 심문하는 것도 잊었습니다. 하지만 그렇다고 해서 산치의 과호흡이 멈추지는 않았습니다. 간호사 중 한 명이 그녀를 알아차리고 진정시키려고 노력했습니다.

그날 밤 산치는 잠을 이루지 못했습니다. 그녀는 동생이 집으로 돌아오기를 기도했습니다.

다음 날 언니의 상태가 안정되었고 며칠 안에 퇴원할 수 있다는 소식을 들었습니다. 산치는 동생을 찾아갈 용기가 나지 않았습니다. 부모님은 슈루티가 병원에서 과호흡을 시작할까 봐 집에 있게 하는 것이 낫다고 생각했기 때문입니다.

슈루티가 퇴원하기 하루 전, 산치는 밤을 새워 슈루티가 좋아하는 장난감으로 방을 꾸몄습니다. 지난 며칠 동안 산치는 자신이 여동생을 얼마나 사랑하는지 깨달았습니다. 매일 밤 잠자리에 들기 전 슈루티가 와서 안아주던 모습이 그리웠습니다. "내가 제일 사랑해, 디"라고 매일같이 말하곤 했습니다. 사실 부모의 무관심을 견딜 수 있게 해준 것은 여동생의 순수한 사랑이었습니다. 산치는 언니와 다시 헤어진다는 생각을 견딜 수 없었습니다.

그날 밤 산치는 행복했습니다. 슈루티와 함께 놀면서 둘이 좋아하는 아이스크림을 먹는 꿈을 꿨기 때문입니다.

하지만 행복한 꿈은 오래가지 못합니다.

다음날 아침 산치는 엄마의 가슴을 찢는 통곡소리에 잠에서 깼습니다. 산치는 졸린 눈을 비비며 거실로 들어갔습니다. 어머니는 텔레비전 앞 바닥에 누워 리모컨을 꽉 쥐고 계셨습니다. 그녀는 주체할 수 없이 흐느꼈다. 아버지는 전화로 열띤 토론을 벌이고 있었습니다.

"엄마, 무슨 일이에요?" 어린 산치가 상황을 파악하려고 물었습니다. 그때 텔레비전에서 무언가가 그녀의 시선을 사로잡았습니다. 헤드라인이 계속 번쩍이고 있었습니다.

"콜카타 병원 화재: 90 명 사망, 57 명 부상"

"새벽 3 시경 화재가 시작되었을 때 콜카타 남부 다쿠리아에 있는 병원 안에는 160 명이 있었습니다." 진행자가 말했습니다. "화재는 인화성이 높은 물질이 보관된 것으로 추정되는 지하실에서 시작되었습니다......"

산치의 머릿속은 하얘졌습니다. 귀에서 큰 울리는 소리가 들리더니 정신을 잃었습니다.

그 후 몇 주는 정말 최악이었습니다. 산치는 매일 밤 악몽에서 비명을 지르며 깨어나곤 했습니다. 그녀의 부모는 너무 절망에 빠져서 그녀를 돌볼 수 없었습니다. 산치는 당분간 할머니 집으로 보내졌습니다. 할머니는 산치가 무슨 일이 일어났는지 자세히 알 수 없도록 뉴스에서 멀리 떨어져 있었습니다.

산치는 1년 만에 부모님 곁으로 돌아왔습니다. 세상은 수많은 사람들의 삶의 궤도를 바꾼 이 끔찍한 사건을 잊은 듯했습니다. 과실치사 혐의로 체포된 병원 경영진은 무혐의로 풀려났고요. 면허를 잃은 병원은 곧 재개원을 앞두고 있었습니다. 희생자 가족들은 정의를 실현하기 위해 이리저리 뛰어다녔지만 뉴스 채널과 신문은 그들의 시련을 다루지 않은 지 오래였습니다.

하지만 산치의 집은 변한 것이 없었습니다. 부모님의 싸움은 날마다 더 심해졌습니다.

"더 빨리 집으로 데려왔어야지!" 그녀의 어머니는 소리치곤 했습니다.

"제가 뭘 할 수 있었겠어요? 난 그저 우리 딸에게 최고의 치료를 해주고 싶었을 뿐이야." 그녀의 아버지는 다시 소리쳤습니다.

그들의 진짜 분노는 딸의 죽음에 책임이 있는 사람들이 슬픔에 잠겨 있는 동안 자신들의 삶을 즐기기에 바빴다는 사실에서 비롯되었습니다. 산치의 부모는 정의를 위해 의지할 곳이 없었습니다. 느린 사법 체계는 그들의 비참함을 더욱 악화시킬 뿐이었습니다.

산치의 어머니는 고통을 덜기 위해 서서히 술을 마시기 시작했습니다. "우리 딸을 위한 정의를 찾을 때까지 감히 돌아오지 마." 그녀는 술에 취한 채로 외치곤 했습니다.

그러던 어느 날 상상할 수 없는 일이 일어났습니다. 산치의 아버지가 집을 나간 후 돌아오지 않은 것입니다. 몇 주 후 그들은 이혼 서류가 든 택배를 받았습니다. 산치의 아버지는 어머니 명의로 집을 나갔고, 산치의 교육비는 물론 모든 생활비를 지불하겠다고 약속했습니다. 하지만 그는 매일 딸의 죽음에 대해 조롱하는 같은 집으로 돌아갈 수 없었습니다. 그녀의 어머니는 지체하지 않고 서류에 서명했습니다. 그러나 그녀는 서류를 제출하지 않았습니다.

이 모든 슬픔과 분노 속에서 산치는 스스로를 지켜야 했습니다. 갑자기 어머니를 돌보는 사람이 된 거죠. 어린 산치는 하룻밤 사이에 성장해야 했습니다. 그녀는 어머니의 눈물을 닦아주느라 너무 바빠서 우는 법도 잊어버렸습니다. 악몽과 공황 발작은 그녀의 삶의 일부이자 일상이 되었지만 그녀는 도움을 구하지 않았습니다. 그녀는 자신의 불안감을 감추고 최선을 다해 상황에 대처하려고 노력했습니다. 시간이 지나면 상처가 치유될 거라고 스스로에게 말했죠.

하지만 어머니의 술에 취한 발작은 시간이 지날수록 더 심해졌습니다. 아버지가 보이지 않자 어머니는 산치에게 분노를 표출하기 시작했습니다.

산치는 자신을 방어하려 하지 않았다. 마음속 깊은 곳에서 그녀는 그것이 여동생을 죽였다고 믿었습니다. 그리고 평생 이 죄책감을 안고 살아야 한다고 믿었습니다.

산치는 자신의 에너지를 공부에 쏟아부었고 학업 성적도 좋았습니다. 졸업 후에야 그녀는 MBA 준비와 함께 약간의 휴식을 취하고 싶었습니다. 엔젤 하트 자선단체에서 자원봉사를 하는 것은 라이마의 아이디어였지만, 산치도 깊이 관여하게 되었습니다. 아이들을 지도하면서 그녀는 더 높은 목적을 찾는 데도 도움이 되었습니다.

또한 아라브의 말은 그녀가 오랫동안 닫아두었던 창문을 열었습니다. 그녀는 신선한 공기가 들어오고 싶었습니다. 사실, 그녀는 어머니도 이 어둠에서 끌어내고 싶었습니다.

오늘의 술 취한 발작이 관에 박힌 마지막 못이었다. 산치는 더 이상 참을 수 없었다. 그녀는 전화를 들고 전화를 걸었습니다.

"아라브, 언제부터 시작할 수 있을까요?"

장: 궁극의 진리, 교신

아라브는 전화를 끊기 전에 산치에게 이름과 주소를 알려주었습니다.

잠깐만요! 더 이상의 질문이나 지시는 없었습니다. 제 프라이버시를 존중하는 건가요, 아니면 그다지 신경 쓰지 않는 건가요? 잠시 고민한 끝에 산치는 이쪽이 낫다는 결론에 도달했습니다.

다음날 아침 산치는 낡고 오래된 건물 앞에 섰습니다.

"이리 와. 안으로 들어가자." 아라브가 말했다. "내가 이 세상에서 가장 존경하는 사람을 만나게 해주고 싶어요."

산치는 아라브를 따라 건물 안으로 들어갔다. 1층에는 교쿠신 가라테라고 적힌 작은 간판이 있었다. 작은 도장으로 이어졌다. 하얀 가라테 도복을 입은 중년의 신사가 건물을 쓸고 있었다.

"이분은 제 가라데 사부님이신 프라샨트 선생님입니다. 나이를 잊은 것 같지 않나요?" 아라브는 신사를 가리키며 미소를 지었습니다. "일흔이 다 되셨어요!"

두 사람은 스승에게 다가갔고 아라브는 관습적인 오스 인사로 스승을 맞이했다. "선생님, 이쪽은 제가 말씀드린 산치입니다. 스승님의 품에 안겨주세요."

"어서 오세요, 산치." 사부님이 따뜻하게 미소지으며 매트 위로 올라오라고 했다. "가라테는 비접촉식, 반접촉식, 완전접촉식으로 수련할 수 있습니다.

가라테. 이 도장에서는 전설적인 그랜드 마스터 오야마 소사이 마스타우스가 창안한 궁극의 진리를 의미하는 교쿠신카이칸이라는 이름의 완전접촉식 가라데를 수련하고 있습니다.

이 형태의 무술에서는 외부 무기를 사용하지 않습니다. 카라는

"비어있다"는 뜻이고 테는 "손"을 의미합니다. 일본어로 가라테는 빈손으로 싸우는 무술입니다.

대부분의 사람들은 맨손 가라데에 대해 신체를 손상시키거나 더 공격적으로 만들 수 있다는 등의 여러 가지 오해를 가지고 있습니다. 그러나 사실 가라데 수련은 다른 신체 활동으로는 발달할 수 없는 강한 신체, 건강한 정신, 호신 기술을 개발하는 데 모든 연령대의 사람들에게 도움이 됩니다.

신체적으로 가라테는 전반적인 체력 유지, 신체의 좋은 혈액 순환, 근육 강화, 강한 관절 및 높은 수준의 유연성을 유지하는 데 도움이됩니다. 정신적으로는 자신감, 자제력, 결단력, 정신적 이완을 개발하고 어떤 이상한 상황에서도 침착함을 유지하는 데 도움이됩니다.

가장 널리 퍼진 오해는 가라데가 사회의 모든 사람을 물리칠 수 있는 힘을 준다는 것입니다. 실제로 가라데의 가장 기본적인 철학은 자신을 통제하고 자신과 사회의 다른 사람들을 보호하면서 자신의 힘을 사용하는 것입니다. 관용과 인내는 가라데의 교리와 동의어입니다."

그렇게 수련이 시작되었습니다.

산치는 자신이 지금 무술을 수련하고 있을 거라고는 상상도 못했습니다. 포기하고 싶을 때마다 사부님은 그녀의 한계를 뛰어넘으라고 격려해 주셨습니다.

마침내 사부님은 아라브에게 매트 위로 올라와 산치와 마주보라고 신호를 보냈습니다.

"산치, 힘을 다해 아라브를 때려봐라." 스승님이 말씀하셨습니다.

산치는 지난 두 시간 동안 배운 것을 떠올리며 아라브를 때려보았습니다.

"파리 한 마리도 안 다칠 거예요." 스승님이 말씀하셨습니다. "모든 타격에 모든 에너지를 쏟아부어라. 펀치와 킥의 힘은 손과 다리에서 나오는 것이 아닙니다. 그것은 당신의 코어에서 나옵니다."

산치는 다시 한 번 시도했다.

"다시." 스승이 재촉했다. "이번에는 타격할 위치를 정하고 정확성을 유지해라. 호흡에 집중하면 마음을 안정시키고 집중력을 높이는 데 도움이 될 거야."

산치는 심호흡을 하고 조준점을 정하고 온 힘을 다해 과녁을 맞췄습니다. 그러나 그녀는 흔들리며 균형을 잃었습니다.

"인내심을 가져라. 걱정하지 마. 잘할 수 있을 거야." 스승님이 말했다. "오늘은 여기까지입니다."

산치는 스승님께 감사 인사를 하고 자리를 떴다.

"기분이 어때요?" 아라브가 물었습니다.

"훈련하는 동안 다른 생각은 할 수 없었어요." 산치가 땀을 닦으며 말했습니다. "마음이 훨씬 평온해졌어요."

"다음 날 도복을 가져올게요. 유니폼을 입고 연습하는 게 훨씬 쉬워요." 아라브가 말했습니다.

"등급은 어떻게 매겨지고 어떤 벨트가 있나요?" 산치는 궁금했습니다.

"각 등급은 블랙벨트에 도달할 때까지 하나의 유단자와 연결되어 있습니다. 그 이후에는 댄으로 등급이 표시됩니다." 아라브가 설명했습니다.

"당신은 화이트 벨트, 즉 큐가 없는 상태입니다. 그 다음에는 주황색 벨트, 즉 10큐, 그 다음에는 파란색 줄무늬가 1개 있는 주황색 벨트, 즉 9큐입니다. 그 다음에는 8큐인 파란색 띠와 노란색 줄무늬가 1개 있는 파란색 띠, 즉 7큐가 있습니다. 비슷한 패턴으로 1큐에 도달할 때까지 옐로우, 그린, 브라운 벨트가 나옵니다.

블랙 벨트 등급은 1단, 즉 금색 줄무늬가 1개 있는 블랙 벨트부터 시작하여 2단, 즉 금색 줄무늬가 2개 있는 블랙 벨트가 가장 높은 블랙 벨트 등급인 10단에 도달할 때까지 이어집니다.

하지만 이 단계에서는 기술적인 부분에 대해 자세히 알아볼 필요는 없습니다. 다음날부터는 다른 수련생들과 함께 수련을 하게 됩니다. 여기 사람들은 각계각층에서 왔습니다. 저는 이곳에서 꽤 많은 친구들을 사귀었습니다."

산치는 아주 오랜만에 무언가에 흥분한 기분이었습니다. 그녀는 벌써부터 다음 수업이 기대되었습니다.

사흘 후 산치는 기를 받았습니다. 그녀는 아라브의 검은 띠에 금색 줄무늬가 하나 있는 것을 확인했습니다. 아라브의 자세는 완벽해 보였고 쿠미테나 결투에서 한번도 진 적이 없었습니다.

아라브는 친구 수밤과 프라틱에게 산치를 소개했습니다. 프라틱은 "우리의 인연은 피로 맺어진 것"이라고 농담했습니다. "우리는 말 그대로 몇 번이나 함께 뼈가 부러졌어요."

"그래, 산치. 언젠가 수업이 끝나고 우리랑 같이 놀러 오면 많은 이야기를 들려줄게요." 수밤이 덧붙였습니다.

산치는 아라브를 매일 볼 수 있다는 사실에 행복해했습니다. 아라브 주변에는 긍정적인 기운이 넘쳐나서 잠시나마 자신의 불안감을 잊을 수 있었습니다. 하지만 그보다 더 중요한 것은 수업 시간에 땀을 흘리며 성취감을 느꼈다는 점입니다. 그녀는 자신의 코어 근력이 점점 더 강해지는 것을 느꼈습니다. 하지만 무엇보다도 가장 좋은 점은 잦았던 악몽과 공황 발작이 줄어들었다는 점입니다.

선생님은 때때로 지혜의 덩어리로 학생들에게 동기를 부여했습니다. "위대한 오야마 마스의 말에 따르면 가라데를 배우는 데는 1000 일이 걸리고, 가라데를 마스터하려면

그는 이렇게 말하곤 했습니다.

"가라테를 배우려면 열린 마음이 필요하며, 수련을 거듭할수록 사회에 대한 의무감이 커집니다. 가라데의 세 가지 덕목은 규율, 헌신, 결단력입니다. 훈련된 사람은 삶의 모든 영역에서

완벽에 도달할 수밖에 없습니다. 가라데의 세 가지 금지 사항은 비판하지 않기, 비난하지 않기, 불평하지 않기입니다. 간단히 말해, 가라테는 궁극적인 진리를 파악하고 모든 감각에서 완벽에 도달하기 위해 노력하는 것을 의미합니다.

완벽에 도달하기 위해 노력하는 것을 의미합니다.

많은 무술에서는 무기를 사용합니다. 그러나 무기를 사용하면 무기에 의존하게 되고, 무기는 자신을 지탱하는 버팀목이 됩니다. 가라데의 특별한 점은 가라테를 하는 사람에게 엄청난 체력을 줄 뿐만 아니라

마음속의 불안감을 지우고 어떤 상황에도 대비할 수 있는 용기와 자신감을 불어넣어 줍니다."

산치는 라이마를 자신의 수업에 초대했습니다. "우와! 너 정말 빛이 나네." 라이마가 소리쳤습니다. "하지만 저기 있는 저 잘생긴 남자를 아는지 말해줘요." 그녀가 프라틱을 가리키며 말했다.

"네, 아라브의 친구 프라틱이에요." 산치가 대답했습니다.

수업이 끝난 후 라이마는 아라브에게 다가가 자신을 소개했습니다.

"둘이 꽤 잘 맞는 것 같네요." 아라브가 미소를 지었습니다. "프라틱이 라이마와 대화하는 모습을 보고 라이마에 대해 물어봤어요."

두 사람은 데이트를 시작하고 얼마 지나지 않아 서로에게 푹 빠졌습니다.

라이마는 종종 아라브에게 산치의 근황을 묻곤 했습니다. "한 달이 넘었어, 산치. 가라테 수업이나 NGO에서 매일 만나고 있잖아. 왜 아무도 말을 안 해?" 라이마가 물었습니다.

"아라브는 제 능력 밖이에요." 산치가 말했습니다. "아라브가 가는 곳마다 여자애들이 몰려드는 거 못 봤어요?"

"자존감 좀 가져요." 라이마가 쏘아붙였습니다. "넌 미모도 뛰어나고 머리도 좋고 마음도 착하잖아. 네가 아라브와 사귀면 아라브는 운이 좋을 거야."

라이마는 절친한 친구에게 여러 번 화장을 해주려고 했지만 항상 거절당했습니다. 라이마는 "무엇보다도 아라브는 헐렁한 옷차림에도 불구하고 종이에 구멍이 날 정도로 강렬한 눈빛을 보내요."라며 "왜 아직 아무 말도 하지 않는지 궁금해요."라고 말했습니다.

수업은 계속되었습니다. 산치는 괴짜 선생님이 마음에 들었습니다.

"100점 만점에 100점을 맞을 수 있도록 훈련해라." 선생님은 이렇게 말씀하셨습니다. "훈련이라는 단어의 숫자 자릿수를 더해보세요. 뭐가 나올까요?"

산치는 집에서 그 말이 사실인지 확인해 보았습니다.

DISCIPLINE
4 9 19 3 9 16 12 9 14 5

선생님은 또 한 가지 깊이 생각해 볼 말을 해주었습니다:

ATTITUDE
1 20 20 9 20 21 4 5

"삶에 대한 올바른 태도가 모든 차이를 만든다." 선생은 이렇게 말하곤 했습니다.

어느 날 수업이 끝난 후 선생님이 산치에게 말했습니다. "수련이 너에게 도움이 되고 있니, 아이?" 그가 물었습니다.

"네, 선생님." 산치는 스승님께 진심으로 감사했습니다.

"8년 전 아라브가 처음 왔을 때를 생각나게 하는군요. 그 소년은 길을 잃고 혼란스러워하고 겁에 질려 있었죠." 스승이 회상했습니다. "지금 아라브가 이렇게 성장한 모습을 보니 정말 기쁩니다."

산치는 무엇이 그 소년을 그렇게 불안하게 만들었을지 궁금해졌습니다.

"안녕, 산치. 또 생각에 잠겼니?" 그녀가 생각의 주체를 물었다. 아라브는 입가에 미소를 띠고 있었다. "프라틱의 생일이 다가오는데 다음 주 토요일에 다 같이 파티를 하기로 했어요."

산치는 이제 막 변명거리를 찾으려고 입을 열었을 때 아라브가 "안 가는 건 선택사항이 아니야"라고 덧붙였습니다.

산치가 수업에서 가장 좋아했던 부분은 호신술 수업이었습니다. 그녀는 실제 상황에서 실제로 적용할 수 있을 것 같았거든요. 언니만 이걸 알았더라면... 산치는 파트너를 바닥에 세게 내동댕이쳤습니다. "진정해, 산치. 정말 내 팔을 부러뜨리려는 거야?" 수밤이 신음했다.

"미안해... 내가 흥분했어." 산치가 더듬거리며 말했다. 지금도 산치는 그날 밤의 기억이 떠오를 때마다 자제력을 잃곤 했다.

다행히도 또 다른 방해물이 산치를 기다리고 있었다. 라이마가 옆에 서 있었다. 산치의 옷이 파티에 어울리지 않아서 쇼핑을 하러 가기로 했었죠. 라이마는 멀리서 "휴대폰 확인해"라고 외치며 사라졌습니다.

한 시간 후 산치는 쇼핑몰 앞에서 라이마를 기다렸습니다. 라이마가 조금 늦을 거라는 문자를 받았다.

"안녕, 산치." 아라브가 갑자기 나타났다. "라이마가 도착할 때까지 쇼핑을 도와달라고 문자를 보냈어요." 아라브는 청바지에 티셔츠, 버튼다운 셔츠를 입은 캐주얼한 차림이었지만 아주 잘 차려입은 모습이었어요. 라이마는 이 일에 적합한 사람이 누구인지 확실히 알았다고 산치는 생각했습니다.

매장에는 엄청난 양의 드레스 컬렉션이 있었고 산치는 고민에 빠졌습니다. 어떤 시도를 해도 거울에 비친 자신의 모습이 마음에 들지 않았기 때문입니다. 아라브는 이 모든 과정을 인내심을 가지고 지켜보고 있었습니다. 산치가 마지막 드레스를 고르는 순간, 아라브는 마침내 "산치, 진짜 문제가 뭔지 말해봐"라고 말했습니다.

"난...난 이 화려한 옷을 입어도 예뻐 보이지 않아요." 산치가 비틀거렸습니다.

"예쁘지 않다고? 지금 장난해? 주위를 둘러봐요. 지금 이 순간에도 당신을 훔쳐보고 있는 열 명의 남자를 가리키며 눈을 찔러버릴 수 있어요." 아라브가 말했다. 그는 그녀를 거울 앞으로 끌어당겼습니다. "자신이 산치로 보이긴 해요? 항상 입는 헐렁한 옷 뒤에 숨어 있어도 당신은 아름다워요." 아라브의 목소리는 부드러웠지만 진지했다. 그는 산치 뒤에 서서 그녀의 어깨에 손을 얹고 귀에 대고 부드럽게 말했습니다. "산치, 네가 먼저 아름다워야 해. 그렇지 않으면 네 자신의 아름다움을 볼 수 없을 거야."

아름답다고 느끼십니까? 산치는 항상 자신이 행복할 자격이 없다고 생각했습니다. 그녀가 한 짓을 생각하면 말이죠. ...

"아라브...나한테 여동생이 있었어. 지금쯤이면 십대가 되었을 거예요. 그녀는 예쁜 드레스를 입고 나가서 인생을 즐길 자격이 있습니다. 하지만 그녀는... 너무 어렸을 때 세상을 떠났어요... 거울을 볼 때마다 지금 살아 있었다면 어떤 모습이었을지 상상해요." 산치는 뺨을 타고 흐르는 눈물을 주체할 수 없었습니다. 공공장소에서 울기는 이번이 처음이었습니다. 그녀는 아라브의 얼굴을 향했지만 그의 눈을 바라볼 수 없었다.

"정말 네 동생이 이런 널 보고 기뻐할 거라고 믿어? 이런 식으로 누나를 기리고 싶어요? 산치, 이제 너도 네 누나를 위해 살아야 해. 네 나이에 걸맞게 두 배로 열심히 일하고 인생을 즐겨야 해. 언니에게 영감을 주는 언니가 되어서 삶이 얼마나 아름답고 의미 있는 것인지 보여줘야 해. 산치가 지금 여기 있었다면 그렇게 했을 거 아닙니까?" 아라브가 산치를 부드럽게 끌어당겨 안아주며 말했습니다.

산치는 이제 주체할 수 없이 흐느끼고 있었습니다. 가게의 모든 사람들이 그녀를 바라보며 속삭이고 있었다. 갑자기 한 노인이 그들에게 다가와 아라브에게 소리쳤습니다."어떻게 감히 그렇게 사랑스러운 소녀를 그렇게 많이 울게 만들 수 있습니까?

"아저씨..." 아라브는 깜짝 놀랐습니다.

"지금 당장 사과해." 노인은 금방이라도 때릴 듯 지팡이를 겨누며 화를 냈다.

갑자기 산치는 눈물을 흘리며 웃었다. 세상은 정말 모든 것을 액면 그대로 받아들이는구나. 그녀는 목소리를 가다듬고 말하려고 애썼다. "삼촌은 고맙지만 오해예요. 이 남자는 저를 위로해준 거예요. 저를 울리지 않았어요."

"그가 누명을 벗기려고 당신을 협박하는 게 아닌 게 확실해요? 말해도 돼요. 겁내지 마세요!"

이 말에 산치는 더 크게 웃었다. 그녀는 재빨리 마지막 두 벌의 드레스를 집어 들고 아라브를 계산대 쪽으로 끌어당겼다. 멀리서도 노인이 지팡이를 가리키는 것이 보였습니다.

이제 산치는 평정심을 되찾았다. 산치는 아라브를 껴안고 그의 뺨에 입을 맞췄다. "노인이 아직도 우릴 보고 있어." 그녀는 속삭였다.

아라브는 그녀를 팔로 감싸고 더 가까이 끌어당겼다. "그럼 여기서 몇 초만 더 쉬어요." 그가 다시 속삭였다.

산치는 머릿속과 밖의 모든 목소리가 갑자기 조용해지는 것을 느꼈다. 그녀가 느낄 수 있는 것은 아라브의 심장 박동과 그의 품에 안긴 안정감뿐이었다.

장: 생일 축하

라이마는 프라틱의 생일을 맞아 산치를 데리러 갔다가 그 광경에 깜짝 놀랐어요. 산치는 긴 귀걸이를 한 단색 바디콘 원피스를 입고 머리를 묶어 올린 채로 있었습니다. 하지만 그녀를 더욱 멋지게 보이게 한 것은 그녀의 얼굴에 번진 미소였습니다.

"저 어때요?" 산치가 긴장한 목소리로 물었다.

"오우, 우리 애벌레가 드디어 나비가 되었구나! 여보, 그 곡선 덕분에 오늘 밤 많은 사람들이 고개를 돌리게 될 거야. 하지만 걱정하지 마세요. 네 날개 달린 여자가 거머리로부터 널 구해줄 거야." 라이마가 말했다.

"고마워요, 라이마. 하지만 제 몸은 제가 알아서 할게요. 오늘 밤에는 생일 남자애랑 같이 있어야 해. 안 그러면 널 뺏어갔다고 나한테 화낼 거야."

술집으로 가는 길에 산치는 라이마가 클럽, 여행, 파티, 심지어 쇼핑까지 함께 가자고 제안했지만 지루한 절친에게 거절당했던 모든 순간을 떠올렸습니다. 그녀는 라이마가 어떻게 그렇게 우울한 사람을 그렇게 오랫동안 참을 수 있었는지 궁금했습니다. 라이마는 성격상 화끈하고 활기찬 사람들과 쉽게 어울릴 수 있었지만, 산치가 과거에 자신을 도우려던 사람들에게 그랬던 것처럼 아무리 그녀를 차단하려 해도 곁을 지켰습니다.

프라틱, 수밤, 아라브가 도착했을 때 이미 기다리고 있었습니다.

"우와! 이 여자애는 누구야?" 수밤이 놀려댔다. "예전 애는 어디 묻었어?"

"내일 매트 위에서 널 두들겨 패줄 사람이야." 산치가 대답했습니다.

수밤이 대답하기 전에 아라브가 "오늘 밤 매를 맞을 사람은 생일 소년뿐일 거예요."라고 말했습니다.

그의 말대로 프라틱은 케이크가 잘린 후 생일 축하 세례를 톡톡히 받았습니다. 음식과 음료가 제공되었고 모두들 셀카를 찍느라 바빴습니다. 산치는 열린 마음으로 주변의 모든 것을 관찰하고 있었습니다. 댄스 플로어에 모인 사람들은 모두 평온해 보였습니다. 하지만 여자들은 검은 옷을 입은 한 잘생긴 남자를 유난히 쳐다보고 있었어요. 왜 아라브는 옷을 입을 때마다 그렇게 섹시해 보여야 하는 걸까요? 산치는 질투가 났어요.

아라브는 산치를 향해 손을 뻗으며 "저기, 춤출래요?"라고 물었습니다.

산치는 칵테일을 마신 후 약간 어지러운 상태였다. 그녀는 머리핀을 뽑았고 물결치는 머리카락이 어깨 위로 떨어졌다. "당신이 댄스 플로어에 들어오기만 하면 모든 여자들이 움직이려고 기다리고 있어요." 산치가 입술을 찡그리며 말했다.

아라브는 산치의 행동이 재미있었다. "그리고 내 앞에 서 있는 여자가 움직이기를 기다리고 있죠."

산치는 그의 셔츠 깃을 잡고 댄스 플로어 쪽으로 끌어당겼습니다.

이 모든 동안 라이마는 복잡한 표정으로 산치를 바라보고 있었다.

"라이마, 저녁 내내 산치를 지켜보고 있었잖아. 그녀는 어린애가 아니에요. 그리고 아라브도 같이 있잖아. 네 남자친구가 생일에 관심을 받을 자격이 있다고 생각하지 않니?" 프라틱이 약간 짜증을 내며 물었다.

"미안해. 산치가 오랫동안 사회와 단절된 채 살아왔기 때문에 이 모든 것이 그녀에게 너무 큰 부담이 될까 봐 걱정돼요." 라이마가 와인을 따르며 대답했다.

"왜 산치가 사회와 단절하고 싶어 하겠어요?"

"제가 아는 건 어렸을 때 여동생이 죽고 얼마 지나지 않아 아버지가 그들을 떠났다는 것뿐이에요. 이상하게도 그녀의 어머니는 모든 것을 그녀 탓으로 돌리죠. 정말 씁쓸한 여자예요. 내가 산치를 방문할 때마다 그 여자는 나를 소름 끼치게 해! 불쌍한 산치는 사랑받는다는 게 뭔지 몰랐어요."

"언제부터 산치를 알았어요?"

"재밌는 이야기네요. 다들 예전의 산치가 나약하다고 생각했잖아. 하지만 예나 지금이나 산치는 항상 강했어요. 대학 입학 첫날에 산치를 처음 봤어요. 어떤 선배들이 유기견을 고문하고 있었어요. 산치는 그 장면을 동영상으로 찍어서 장난을 멈추지 않으면 공개하겠다고 협박했어요! 그날 저는 이 여학생과 함께하고 싶다는 걸 알았어요. 하지만 그녀는 항상 수업 시간에 너무 조용했어요. 마침내 과제에서 프로젝트 파트너로 선정되었을 때 그녀에게 다가갈 수 있었어요. 그 이후로 한 번도 그녀 곁을 떠난 적이 없어요."

"네, 하지만 지금은 아라브가 있잖아요."

"프라틱, 솔직히 말해봐요. 아라브는 어떤 사람인가요?"

"아라브는 어렸을 때부터 알고 지냈어요. 사업가인 아버지는 아라브에게 시간을 거의 주지 않았고, 어머니 역시 고양이 파티로 바빴습니다. 하지만 아라브는 조부모님 밑에서 자랐고 도덕성과 윤리의식이 매우 강해요. 산치는 잘 돌봐줄 테니 걱정하지 마세요."

"산치가 진정으로 사랑받는다는 느낌을 받기를 바랐어요. 하지만 그렇게 해줄 수 없었어요. 내 사랑은 그녀를 마음의 감옥에서 벗어나게 할 만큼 강하지 않았어요."

"당신은 그녀와 함께 있었어요. 그게 가장 중요한 거예요. 때로는 우정이 사랑보다 더 큰 힘이 되기도 하잖아요, 그렇죠?"

라이마는 침묵을 지켰다. 그녀는 프라틱을 쳐다보지 않고 손에 든 음료에만 집중했다.

"라이마, 내가 틀렸을지 모르지만 산치를 바라보는 당신의 표정은 가끔 그리움처럼 느껴져요. 제발 내가 틀렸다고 말해줘요." 프라틱이 간청했다.

라이마는 여전히 대답하지 않고 계속 잔을 돌렸다.

"라이마, 제발 대답해줘요. 난 충분히 참았어. 이 질문을 해야 할지 말아야 할지 머릿속으로 수없이 고민했어. 제발 내가 너무 많은 것을 읽고 있다고 말해줘요."

다시 침묵이 흘렀다.

"라이마!" 프라틱이 테이블을 두드리며 말했다.

라이마는 마침내 고개를 들었다. 눈가에 눈물이 맺혔다. "프라틱 알잖아. 난 친구들처럼 눈물 흘릴 사연이 없어요. 저는 부모님과 형제들로부터 충분한 사랑을 받았어요. 하지만 인생이 모두에게 완벽하지는 않아요."

"무슨 뜻이죠?"

"10대 시절에 저는 이해할 수 없는 복잡한 감정을 느꼈어요. 전에도 남자친구가 있었지만 가끔 같은 반 여자아이에게 질투를 느끼곤 했죠. 대학에 가서 산치를 처음 만나기 전까지는 이런 감정을 무시했죠."

라이마가 간청했을 때 프라틱은 거의 자리에서 일어날 뻔했습니다.

"프라틱, 내가 끝내게 해주세요. 산치를 처음 봤을 때 그렇게 생각했지만 곧 산치가 저에게 필요한 것은 친구뿐이라는 것을 깨달았고, 그래서 친구가 되었고 지금까지 후회한 적이 없어요. 제가 찾을 수 있는 좋은 남자를 소개해 주려고도 했지만 마음을 열어준 사람은 아라브뿐이었어요."

"라이마 그만해. 왜 진작 말하지 않았어? 진실을 말하면 내가 널 떠날 거라고 생각했어? 아니면 널 덜하게 생각할 거라고 생각했어?"

"아니, 프라틱...난..."

"당신은 자신에 대해 그렇게 중요한 것을 공유할만큼 나를 충분히 신뢰하지 못한다는 것을 증명했을뿐입니다. 나에 대해 진심이야?" 프라틱은 테이블에서 일어나 출구로 향했다.

"프라틱, 기다려! 내 말 들어요! 가지 마세요...." 라이마는 군중을 밀치며 그의 뒤를 따랐다.

댄스 플로어에서 만난 여자와 즐겁게 춤을 추던 수밤은 우연히 프라틱이 클럽을 빠져나가고 라이마가 그를 뒤쫓는 모습을 목격했습니다. 뭔가 이상하다고 느낀 수밤은 아라브와 산치에게 전화를 걸었습니다.

두 사람은 때마침 클럽에서 나와 프라틱과 라이마가 멀리서 다투는 모습을 목격했습니다.

"연인들끼리 싸우는 것 같아?" 수밤이 물었다.

"아마도요. 프라틱이 라이마에게 푹 빠진 건 확실해요. 그는 심지어 자신이 그녀에게 충분하지 않다고 불안해하고 있어요. 지금 라이마에게 소리를 지르고 있다니 믿을 수가 없어요!" 아라브가 덧붙였습니다.

"라이마가 그렇게 괴로워하고 무력해 보이는 건 처음 봤어요. 뭔가 심각한 일인가 봐요." 산치가 궁금해했습니다.

그러나 그들 모두는 도움을 요청하는 큰 외침에 방해를 받았다. 근처 골목에서 들려온 소리였습니다. 그들은 지체 없이 비명소리를 향해 달려갔다. 프라틱과 라이마도 열띤 토론을 멈추고 그들과 합류했습니다.

한 젊은 여성이 도와달라고 울부짖고 있었습니다. 그녀는 길바닥에 누워 도움을 청하고 있었다. 검은 마스크와 후드티를 입은 두 남자가 그녀에게 조용히 하라고 말하고 있었다. 한 명은 이미 그녀의 지갑을 빼앗아갔고 다른 한 명은 칼을 들고 있었습니다. 하지만 그들은 단순한 절도에서 멈추지 않을 것 같았습니다. 그들의 불길한 웃음이 마스크로 가린 얼굴을 뚫고 들어왔습니다.

누구도 반응하기 전에 산치는 여자 위에 서 있는 괴한을 향해 달려가 날아차기를 날렸습니다.

산치는 또 한 번의 빠른 돌려차기로 두 번째 남자를 비틀거리게 만든 뒤 팔을 비틀어 칼을 떨어뜨렸습니다. 라이마가 경찰에 신고하는 동안 프라틱과 수밤이 합류했습니다. 아라브는 겁에 질린 여성을 일으켜 세우고 안전한 곳으로 안내했습니다.

경찰이 도착하자 아라브는 "산치, 혼자 뛰어든 건 무모한 짓이었어"라고 말했습니다.

"네, 하지만 본능을 주체할 수 없었어요……." 산치가 아라브를 향해 걸어가면서 말했습니다. "아야! 젠장, 발목을 삔 것 같아요." 아라브가 산치를 붙잡고 부축하자 산치는 비틀거리며 걸음을 옮겼습니다.

아라브는 산치를 인도에 앉히며 "발목 좀 보자."라고 말했다. "너 정말 걱정하게 만드는 버릇이 있구나, 그거 알아?"

"아라브…… 우리 누나도 어렸을 때 비슷한 상황에 처했었죠. 그리고 그것은 저 때문이었습니다. 그때 나는 그녀를 위해 해줄 수 있는 게 별로 없었어요…

싸우는 법을 가르쳐줬으면 좋았을 텐데..." 산치는 묻혀 있던 기억을 떠올리며 몸을 떨며 말을 끊었다.

"산치, 넌 더 이상 혼자가 아니야. 그때도 투지가 넘쳤을 테지만 지금 네 곁에 있는 다른 사람들을 받아들여야 해." 아라브가 말했다.

산치는 가로등 불빛에 반사된 아라브의 얼굴을 바라보았습니다. "조금 전까지만 해도 내일이 없는 것처럼 춤을 추고 있었는데...... 오늘 밤은 춤을 멈춰야겠어." 산치가 아라브의 어깨에 손을 얹고 다시 일어섰습니다.

그녀가 일어났을 때 그녀의 얼굴은 아라브의 얼굴에 위험할 정도로 가까워졌습니다. 칵테일의 후유증인지 아니면 싸움으로 인한 아드레날린 분비 때문인지는 모르겠지만, 갑자기 아라브에게 키스하고 싶은 충동이 일어났어요. 그녀는 멍청한 짓을 하지 않으려고 입술을 깨물었지만 도움이 되지 않았다. 산치는 눈을 감고 아라브의 입술을 살짝 쪼았다가 바로 뒤로 물러났다. 그녀는 아라브의 충격을 받은 얼굴을 볼 수 있기를 반쯤 기대하며 눈을 떴다. 하지만 그녀가 본 것은 아라브의 눈빛에 담긴 욕망뿐이었다. 그녀가 아무 말도 하기 전에 아라브는 그녀를 더 가까이 끌어당겨 열정적으로 키스했다. 그의 팔의 온기와 입술의 감촉은 쌀쌀한 저녁에 짜릿한 전율을 느꼈습니다.

수밤은 휘파람을 불었다. "오래 걸렸군. 어서 방을 잡아!"

그날 밤 산치는 거의 잠을 이루지 못했다. 저녁의 흥분으로 인해 잠을 이루지 못했습니다.

다음날 아침 산치는 평소보다 기분이 좋았지만 신문을 보자마자 얼굴에서 색이 사라졌습니다."콜카타 병원 화재로 92명이 사망한 지 10년이 지났지만 유족들은 여전히 정의를 기다립니다". 처음에 부상자로 보고된 사람들 중 일부는 나중에 사망했습니다. 산치는 희생자 가족 대부분을 알고 있었습니다. 그들은 추모식과 법원 심리에서 만나곤 했습니다. 어떤 이들은 정의를 실현하기 위해 서벵골의 외딴 곳에서 왔지만 법은 매번 그들을 실패로 이끌었습니다. 그들은 보상금으로 받은 돈을 모두 병원과의 소송에 쏟아 부었습니다.

이 사건과 계류 중인 법정 소송에도 불구하고 피고인들은 모두 보석으로 풀려나 자유롭게 돌아다니고 있습니다. 병원 역시 1년 만에 다시 문을 열었고 6개월 만에 완전히 정상화되었습니다. 마치 아무 일도 없었던 것처럼 말이죠. 다른 사람들의 삶은 계속되었지만 피해자와 그 가족들의 삶은 멈춰 있었습니다.

산치는 다음 회의에 관한 문자 메시지를 받았습니다. o AMRI 화재 피해자 협회. 이 모임은 보통 절망으로 가득 차 있었고, 산치는 그런 모임이 두려웠습니다. 그녀가 모임에 참석하는 유일한 이유는 그곳에서 아버지를 만나기 위해서였습니다. 아버지는 창립 멤버 중 한 명으로 모든 사람이 이 일에 헌신하도록 동기를 부여했습니다.

산치의 어머니는 이 모임에 한 번도 참석하지 않았습니다. 어머니는 지나치게 감정적이었고 그 후유증이 며칠 동안 남아있었기 때문입니다. 많은 가족들이 상담사에게 도움을 요청했지만 산치의 어머니는 딸의 기억을 잊게 될까 봐 치료를 거부했습니다.

아침 식사를 하는 동안 그녀의 어머니는 끔찍하게 조용했습니다. 산치는 어머니가 메시지를 받은 게 틀림없다는 걸 알았습니다. 아버지에 대해 이야기하는 것은 신경이 쓰이는 일이었지만, 산치는 엄마도 자신만큼이나 아버지를 그리워한다는 것을 알고 있었습니다. 그 모든 괴로움 뒤에 숨는 것은 뿌리 깊은 습관이 되어 버렸고, 뿌리 뽑기는 어렵지만 불가능하지는 않았습니다.

"안녕 엄마. 다음 주 토요일 시간 되세요?"

침묵.

"저와 함께 회의에 가주시겠어요? 이번에는 상황이 긍정적으로 보입니다."

"긍정적이라고? 지난번에도 그렇게 말했잖아요! 그리고 무슨 일이 일어났는지 보세요. 심사위원 중 한 명이 죽고 심리가 취소됐잖아!"

"그건 아주 오래 전 일이야."

"하지만 저는 모든 것이 어제 일처럼 생생하게 기억나요. 수많은 증인, 수많은 청문회, 수많은 반대심문이 있었죠. 항상 똑같았죠. 그들은 다른 날짜를 정하고 협회는 청문회를 준비하기 위해 또 다른 회의를 요청할 것이지만 무슨 소용이 있습니까? 죽은 딸이 돌아오지 않잖아요."

"엄마, 이건 법적인 문제만 논의하는 게 아니에요. 아빠는 가족들이 함께 치유할 수 있도록 이 모임을 만든 거예요. 이 싸움에서 엄마가 혼자가 아니라는 것을 아는 것이 중요해요."

"치유요? 아버지와 결탁해서 치유가 되나요? 너와 그놈 둘 다 내 딸을 빼앗아갔어. 네가 죽였어, 마녀야."

"엄마를 멈춰요! 슈루티는 네 딸일 뿐만 아니라 내 동생이자 우리 가족 중 유일하게 나를 진정으로 사랑해준 사람이었어. 매일 밤마다 용서를 빌고 있고 살아 있는 한 계속 그렇게 할 거예요. 하지만 당신의 다른 딸이 살아있고 당신의 애정을 갈구하며 죽어가고 있다는 것을 알아야 합니다.

당신은 내가 슈루티 대신 죽었으면 좋겠다고 생각하게 만드네요! 그러면 행복했을 거예요."

산치는 더 이상 눈물을 참을 수 없었다. 그녀는 마지막 몇 마디에 목이 메었다. 그녀는 자신이 틀렸기를 바랐지만 어머니는 그녀를 바로잡으려는 노력조차 하지 않았다. 왜 가족은 그렇게 복잡해야 할까요?

그녀는 가족은 선택할 수 없더라도 친구는 선택할 수 있다는 사실에 하나님께 감사했습니다. 오히려 친구들은 모든 일에도 불구하고 그녀와 함께하기로 선택했습니다.

장: 피해자

산치는 너무 잔인하고 불공평한 세상에 화가 났어요. 그녀는 모든 것에서 벗어나고 싶었습니다. 적어도 한동안은요. 그녀는 아라브에게 전화를 걸어 다쿠리아 공원 앞에서 만나기로 했습니다.

이번에는 산책을 하러 간 것이 아니었다. 대신 그들은 앨리슨 클럽에 들어갔습니다.

그날 저녁 아라브와 산치는 앨리슨 수영장의 시원하고 푸른 물을 바라보고 있었습니다. 이 시간에는 수영하는 사람이 거의 없었습니다.

"나를 믿어요, 산치?" 아라브가 먼저 물었습니다. "신뢰가 없으면 당신을 도울 수 없어요."

산치는 고개를 끄덕이며 동의했습니다. 그녀는 아라브가 매번 이런 질문을 하는 것에 놀랐습니다. 이 시점에서 그녀는 눈을 감고 어디든 따라갈 수 있을 정도로 그를 신뢰했습니다.

"세상이 저를 짓누른다고 느낄 때마다 이곳에 와서 수영을 합니다. 걱정과 불안은 물속으로 가라앉고 저는 물 위에 떠 있을 수 있습니다."라고 아라브는 말합니다.

"이 시간은 회원과 회원의 손님만 이용할 수 있습니다. 겁내지 말고 편안하게 즐기세요." 아라브가 안심하고 말했습니다. "이제 가서 옷을 갈아입으세요."

산치는 올블랙 수영복을 선택했습니다.

"아라브, 난 이런 거 한 번도 안 해봤어." 탈의실에서 나오면서 산치가 마지못해 말했습니다.

아라브는 산치가 읽을 수 없는 표정으로 그녀를 바라보았다. "걱정하지 마세요. 나랑 있으면 안전해요." 그가 말했다. 그리고는 바로 물속으로 뛰어들었다.

산치는 그를 쳐다볼 수밖에 없었다. 그는 물고기가 물속으로 들어가듯 물속으로 들어갔다. 저런 몸매를 유지하기 위해 얼마나 열심히 훈련했을까, 그녀는 생각했습니다.

산치는 천천히 발을 담갔다. 물은 차가웠지만 얼지는 않았다. 조심스럽게 그녀는 수영장에 들어갔다. 몸이 온도에 적응하는 데 몇 분이 걸렸습니다. 다음 한 시간 동안 모든 기본 동작을 배우며 시간을 보냈습니다. 산치는 어린이 수영장 강습에 은근히 고마워했습니다. 그녀는 매우 빠르게 사물을 파악할 수 있었습니다. 곧 그녀는 자유형 수영을 할 수 있게 되었습니다.

"오늘은 여기까지입니다." 아라브가 산치를 물 밖으로 나오게 도와주면서 말했습니다. "지금 기분이 어떠세요?

"상쾌해요." 산치가 말했습니다. "맞아요. 물은 정말 진정 효과가 있어요. 여기 다시 오고 싶어요."

"제대로 배우면 실제 호수의 한 부분에서 수영을 할 수 있습니다. 많은 베테랑들이 직접 그곳에서 수영을 합니다. 안전요원들이 항상 지켜보고 있어서 안전합니다." 아라브가 말했습니다.

산치가 이곳을 다시 찾게 된 것은 수영장 때문만은 아니었습니다. 아라브의 몸을 타고 천천히 떨어지는 물방울이 그의 몸을 반짝이게 만들었습니다.

"지금 나를 쳐다보는 거야, 산치?" 아라브가 껄껄 웃으며 말했다. "글쎄요, 저도 관심이 좋긴 하지만 당신만 입을 벌리고 즐기는 건 아니에요."

"오, 너를 쳐다보는 시선이 많겠지." 그들이 빈 라커룸에 도착하자 산치가 중얼거렸습니다.

"맙소사. 당신 안에 있는 불이 물을 증발시킬 수 있어요." 아라브는 산치의 손을 잡고 가까이 다가갔습니다. 그 순간 아라브의 입술이 그녀의 입술에 닿았다. 이번에는 산치가 주저하지 않았다. 그녀는 그의 머리카락을 잡고 다시 키스했다. 아라브의 입술은 그녀의 목 앞쪽과 쇄골을 가로질러 계속 움직였다.

느낌이 너무 좋아서 산치는 그가 계속하기를 원했지만 그는 스스로 뒤로 물러났다.

"산치, 나 옷 갈아입어야겠어. 여기 조금만 더 있다간 당신에게 무슨 짓을 할지 모르겠어요." 아라브가 심호흡을 하며 말했다.

산치는 그가 샤워실로 들어가는 모습을 지켜보았다. 그녀는 분명히 뱃속에 이 나비를 더 넣고 싶었다. 다음번에는 그를 그냥 보내지 않겠다고 그녀는 결심했습니다.

다음 주는 금방 지나갔다. 산치는 기회가 있을 때마다 아라브를 만났습니다. 그를 만나는 것은 언제나 그녀에게 하루의 하이라이트였습니다. 그는 항상 그녀를 웃기거나 우울한 일에 대한 그녀의 관점을 바꾸기 위해 몇 가지 트릭을 가지고 있었습니다.

드디어 토요일이 찾아왔습니다. 산치가 현실을 마주할 시간입니다. 그리고 오랜만에 아버지를 만납니다. 이 만남은 그가 가족들과 유일하게 연락을 주고받는 자리입니다.

빈 의자가 채워지기 시작했습니다. 산치는 미리 와 있었다. 그녀는 가능한 한 오랫동안 아버지를 멀리서 지켜보는 것을 좋아했습니다. 한때 잘생겼던 아버지의 얼굴에는 세월의 흔적이 역력했다. 칠흑같이 검던 머리는 이제 희끗희끗해졌다. 산치는 주위를 둘러보며 다른 가족들도 마찬가지인지 확인했다. 그들의 열정이 식어가고 있었다. 정의를 위한 10년간의 끊임없는 투쟁은 농담이 아니었다. 자신과 같은 어린 아이들은 성인이 되었습니다. 어른들은 나이보다 더 많이 늙어버렸고, 나이든 사람들은 목숨이 위태로웠다. 건강 상태와 거리상의 문제로 모임에 참석하지 않는 이들도 많았습니다.

모임은 항상 모인 모든 사람이 자신의 경험과 진행 상황을 공유할 수 있는 힐링 세션으로 시작되었습니다. 산치는 단골을 파악할 수 있었습니다.

고스와미 씨는 두 자녀와 함께 와서 아내를 잃은 슬픔에 잠겼습니다. "대중은 미디어가 보여주는 것만 기억합니다. 그리고 언론은 오랫동안 우리를 잊어버렸죠. 하지만 저는 제 아이들이 어머니를 기억하고 국가의 사법 시스템에 대한 믿음을 회복하기를 바랍니다."

"저는 아직도 이른 아침이면 숨이 막히는 듯한 악몽을 꿉니다. 아버지가 어떤 일을 겪었을지 상상만 해도 끔찍합니다." 한창 젊음을 누려야 할 나이에 아버지를 잃고 가장이 되어야 했던 다스 씨는 이렇게 말했습니다. "병원이 문을 닫아서는 안 된다고 생각합니다. 이미 최첨단 의료 시설이 부족합니다. 제가 바라는 것은 병원이 환자의 안전과 보안을 최우선으로 생각해주길 바라는 것뿐입니다."

"주 정부와 중앙 정부는 보상금과 일자리 보장으로 우리를 매수하려 했습니다. 하지만 그런다고 죽은 사람들이 살아날까요?" 열세 살짜리 딸을 잃은 산얄 씨가 으르렁거렸습니다. 그의 아내는 외동딸을 잃은 슬픔을 견디지 못하고 얼마 지나지 않아 자살했습니다. "이 범인들은 법을 살 수 있는 돈과 권력을 가졌어요. 그들은 산 채로 불태워져야 합니다. 그래야만 정의가 실현될 것입니다."

10대 딸을 잃은 두타 씨는 "저는 이제 늙고 피곤합니다."라고 말했습니다. 인근 지역에서 콜카타까지 182km나 되는 고된 여정에도 불구하고 그는 병원을 상대로 제기한 형사 과실 사건에 대한 법원의 심리 발표가 있을 때마다 병원을 찾았습니다. "저는 자원이 없는 중산층입니다. 아이를 위한 정의를 실현할 수 없을까 봐

두렵습니다. 아이가 살아있었다면 21살이 되었을 텐데..." 그의 목소리는 감정에 북받쳤습니다.

예순네 살의 어머니를 잃은 솔란키 부인은 "왜, 왜 기한이 없는 걸까요?"라고 한탄했다. "돌아가신 부모님에게 우리는 어떤 대답을 해야 할까요?"

산치는 이런 사람들의 심정에 공감할 수 있었습니다. 그동안 그녀는 한 번도 목소리를 낸 적이 없었습니다. 하지만 갑자기 일어선 자신을 발견했습니다. "안녕하세요! 전 산치예요. 이 포럼에서 연설한 적은 없지만 모든 세션에 참석했습니다."

그녀의 눈꼬리 너머로 아버지가 그녀를 바라보는 것이 보였습니다. "저는 언니를 잃었을 뿐만 아니라 가족 모두의 영혼도 언니와 함께 죽었습니다. 하지만 최근 누군가가 우리가 사랑하는 사람들은 우리가 고통받는 것을 보고 싶어하지 않을 것이라는 사실을 깨닫게 해주었습니다. 우리는 긍정적인 방식으로 그들의 기억을 기리고 정의를 위해 싸우는 동안 우리 자신을 완전히 잃지 말아야 합니다. 법적 절차에 관해서는 대중의 정서가 큰 역할을 한다는 말씀이 맞습니다. 우리는 이 문제를 계속 제기해야 하지만, 오래된 사건에 대한 언론의 직접적인 보도는 재판에 영향을 미칠 수 있기 때문에 금지되어 있습니다."

"산치, 무슨 생각이 있니?" 그녀의 아버지는 처음으로 그녀에게 직접 말을 걸었습니다.

산치는 잠시 망설이다가 "희생자들을 추모하는 전시회를 열면 어떨까요?"라고 말했습니다. 이 일을 돕고자 하는 지역 예술가들에게 연락해볼 수 있어요. 그렇게 하면 사람들이 적어도 무슨 일이 일어났는지 기억하게 만들 수 있습니다. 이 행사는 미술 전시회로 홍보할 수 있습니다. 반응이 좋으면 수익금을 법적 소송에도 사용할 수 있습니다."

"좋은 생각이에요." 아미나 베굼이 말했다. 그녀는 이 포럼에 참여한 유일한 생존자였습니다. 그녀는 화재에서 살아남았지만 결혼 생활은 그렇지 못했습니다. 아미나는 3도 화상을 입고 온몸에 흉터가 생겼습니다. 회복 후 남편은 그녀가 너무 못생겨서 보기 흉하다며 그녀를 떠났습니다. 하지만 아미나는 따뜻한 마음을 가졌습니다.

그녀는 협회에 가입하여 모두가 포기하지 않도록 끊임없이 동기를 부여했습니다. 아이들을 위해 맛있는 간식도 가져다주곤 했습니다. 산치도 그런 아이 중 하나였죠. 시간이 지남에 따라 모두 지치고 피곤해졌지만 아미나는 여전히 변함없는 모습을 보여주었습니다. "넌 정말 멋지게 자랐구나." 그녀가 말했다.

"글쎄, 산치. 아티스트들에게 연락해봐. 우리가 응원할게요. 행사 계획을 세우면 우리가 실행을 돕겠다." 산치의 아버지 보우믹 씨가 말했다.

나머지 회의는 사건의 최근 진행 상황, 법률 비용 등에 대한 논의로 진행되었습니다. 회의실이 거의 비어갈 무렵, 산치는 아버지에게 다가갔습니다.

"안녕하세요, 아버지. 어떻게 지내셨어요?"

보우믹 씨는 서류를 제출하고 있었습니다. 그는 멈춰서서 산치를 올려다보았다. 그의 대답에 그녀는 깜짝 놀랐습니다.

"아버지랑 점심 같이 드실래요?"

두 사람이 함께 식사를 나눈 지 정말 오랜만입니다. 산치는 아버지가 일요일이면 온 가족을 위해 요리를 해주시던 때가 생각났습니다. 그는 최고의 비리아니를 만들었습니다. 산치는 여전히 그 맛을 그리워했다.

"그래, 길 건너편에 비스트로가 있어. 거기서 기다릴게요." 산치가 말했다.

10 분 만에 아버지가 도착했다. 웨이터가 주문을 요청하자 아버지는 "한디 비리아니로 주세요. 내 딸이 제일 좋아하는 메뉴야."

"음식은 어때요?" 음식을 먹기 시작하자 아버지가 물었습니다.

"좋아요. 하지만 아빠만큼은 아니죠."

"그래서 네 엄마가 나와 결혼한 이유 중 하나지." 그는 웃으며 말했습니다. "어머니의 생일날 케이크 대신 특별한 비리아니에 반지를 꽂고 프로포즈를 했어요."

"목이 막히지 않아서 다행이죠." 산치가 대답했다. "그렇지 않았다면 역효과가 났을 테니까요."

그들은 산치가 더 이상 견딜 수 없을 때까지 한동안 조용히 밥을 먹었다.

"아빠, 언제 돌아오세요? 나도 아빠가 보고 싶고 엄마도 아빠가 보고 싶어요. 아빠가 필요해요."

아버지는 한참을 생각하다가 대답했습니다.

"산치, 네 엄마는 내 인생의 사랑이야. 어떤 식으로든 엄마에게 상처를 준다는 건 상상도 할 수 없단다. 하지만 어머니는 내 얼굴을 보는 것조차 고통스럽다고 하셨어. 하루빨리 엄마 곁으로 돌아갈 수 있도록 우리 딸을 위해 최선을 다하고 있어."

"정말 아빠? 살아 있는 다른 딸은요? 그녀는 아빠가 필요했지만 아빠는 그녀를 위해 곁에 있어주지 않았어요. 아빠와 엄마는 처음부터 저를 투명인간 취급했잖아요. 지금도 난 아빠한테 투명인간이에요!"

"산치, 네가 그렇게 느껴서 정말 미안해. 우리가 나쁜 부모였어. 우리가 정말 어렸을 때 먹고 살기 힘들었을 때 너를 낳았어. 사람들이 슈루티를 신동이라 칭송할 때 우리는 모든 희망을 걸었지. 슈티에게 비싼 과외나 최첨단 학습 기술을 제공할 수는 없었죠. 그래서 우리는 장시간 근무 후 남은 시간과 에너지를 모두 딸의 공부를 돕기 위해 쏟아 부었습니다. 그 과정에서 당신은 마땅히 누려야 할 시간과 애정을 박탈당했죠. 하지만 믿어라, 얘야, 네 엄마와 나는 너를 결코 덜 사랑하지 않는다. 다만 표현을 제대로 하지 못했을 뿐이야."

"엄마는 날 마녀라고 불러요."

"헤르미온느는 네가 제일 좋아하는 캐릭터 아냐?"

"그녀는 무고한 사람을 죽이지 않아요."

"누굴 죽였어? 널 쳐다보며 길 위아래로 서성이는 남자애 빼고. 외모 때문에 죽인 것 같네요."

"아빠!" 산치는 얼굴을 붉혔다. 그녀는 협회 회의가 끝나고 아라브를 만나기로 한 것을 잊고 있었다. 예정에 없던 점심은 그때는 생각지도 못했다.

"뭐야! 너희들 좀 봐. 다 컸구나." 그녀의 아버지가 말했다. "산치 나는 우리가 많은 이야기를 나누지는 않았지만 모든 회의에서 너를 관찰했다. 너는 항상 조용하고 생각에 잠겨 있었다. 다른 사람의 이야기에 공감하면서도 자신의 고민을 털어놓지 않았지. 내가 너에게 보이는 긍정적인 변화의 이유가 그 때문인가? 그렇다면 직접 만나봐야겠어요."

"아빠, 엄마와 제가 길을 잃고 외롭지 않게 하려고 이 일을 시작하신 거 알아요."

"아아! 나는 내 가족을 도울 수 없었어. 하지만 오늘 나는 네게서 긍정을 보았다. 희망이 생겼어요. 네 엄마도 변화를 느꼈을 거야. 그녀는 네가 필요해. 그 모든 괴로움의 밑바닥에는 보살핌이 필요한 연약한 여성이 있어요. 하지만 그녀는 나에게서 그것을 받아들이지 않을 것입니다. 당신만이 그녀를 도울 수 있어요."

"아빠도 노력하고 있지만 가끔은 너무 힘들어요. 왜 저는 평범한 십대의 삶을 살지 못했을까요?"

"우리 산치를 용서해 주세요. 우리는 네 부모로서 널 실망시켰다."

산치는 멀리서나마 아버지를 항상 든든한 기둥으로 여겼습니다. 그런 아버지가 이렇게 애원하는 모습을 보니 마음이 아팠습니다.

"아버지, 우리 가족이 망가진 건 아버지 잘못이 아니에요. 아빠가 정의를 찾도록 도울게요. 우리를 그렇게 고통스럽게 만든 사람들을 절대 용서하지 않을 거예요. 이 싸움에서 아빠는 혼자가 아니에요." 산치는 아버지의 손을 잡고 안심시켰다. "이제 이리 오세요, 소개해드릴 사람이 있어요."

"그가 우리의 대의를 알고 있나요?"

"아직 말하지 않았어요. 그는 무조건 저를 도와주셨어요. 그에게 과도한 짐을 지우고 싶지 않았어요. 제가 직접 상황을 정리한 후에 자세히 말씀드릴게요."

"다 컸구나. 어서 가자, 기다리게 하지 말자고."

그들은 밖으로 나와 아라브에게 인사를 건넸다.

"아라브, 이쪽은 우리 아빠야." 산치는 인생에서 가장 좋아하는 두 남자와 함께 서게 되어 기뻤습니다. "아빠, 이쪽은 제 남자친구 아라브예요"

"나마스테 삼촌." 아라브가 말했다. 산치는 그의 목소리에서 긴장한 기색을 느낄 수 있었습니다. 그녀는 킥킥 웃었다.

"안녕, 아라브. 네가 산치와 함께해서 기쁘구나. 그녀는 매우 예민하고 모든 사람에게 마음을 열지 않아요. 당신에게 마음을 열다니 당신을 깊이 신뢰하는 것 같아요."

"제 인생에 그녀가 있어서 더 감사해요."

"근데 하나만 물어볼게요. 우리 전에 만난 적 있나요? 낯이 익은데?"

"죄송해요, 삼촌. 삼촌을 만난 기억이 없는데요."

"괜찮아. 내가 늙어서 건망증이 심해졌거든. 아마 다른 분과 헷갈렸나 봐요."

"그는 정말 눈에 띄는 특징을 가지고 있어요, 아빠. 어떤 배우랑 헷갈리시는 건가요?" 산치가 농담을 했다.

"지금 아버지를 놀리고 있구나? 내가 화내기 전에 가서 데이트나 즐겨라." 아버지가 미소를 지었습니다.

산치는 점심 식사에 대해 감사 인사를 하고 아라브와 함께 나갔다.

보우믹은 그들이 멀리서 걸어가는 모습을 지켜보았다. 그는 아라브가 누구인지 정확히 알고 있었지만 딸이 그렇게 행복해하는 모습을 본 적이 없었다. 그는 딸의 거품을 터뜨리고 싶지 않았습니다. 언젠가는 딸도 알게 될 테니까요. 그는 산치가 진실을 감당할 수 있을 만큼 강해지기를 기도할 뿐이었다.

장: 열정의 새

산치는 아라브와의 만남은 늘어나는 반면, 가장 친한 친구와의 교류는 계속 줄어들고 있다고 느꼈습니다. 그녀는 아라브에게 털어놓았습니다. "라이마와 어울린 지 한 달이 넘었어요."

"수밤과 프라틱조차도 제가 너무 많은 시간과 관심을 쏟는다고 불평해요." 아라브가 말했습니다. 갑자기 아라브의 얼굴이 밝아졌습니다."우리 모두 주말 여행을 떠나는 건 어떨까요?" 그가 제안했습니다.

"좋은 생각이네요. 마음에 드는 장소가 있나요?"

"오, 딱 좋은 곳을 알아요." 아라브가 미소 지었습니다. "산과 그 산을 소유한 사람 모두 마음에 들 거예요!"

"무슨 뜻이죠?"

"트레킹화를 신으세요. 파키 파하르로 가자."

산치와 아라브는 여행을 위해 친구들을 설득해야 했습니다. 마침내 그들은 동의했습니다. 다음 주말, 그들은 모두 아침 일찍 여행을 떠나기 위해 모였습니다.

라이마와 프라틱은 프라틱의 생일날 사고 이후로 말을 섞지 않았습니다. 뭔가 잘못되었다는 것을 직감한 수밤은 큐피드 역할을 하려고 했습니다. "왜 서로를 훔쳐보는 거야? 이제 액션이 지겨워져서 새로운 유혹 기법이라도 쓰는 거야?"

"닥쳐요." 프라틱과 라이마가 동시에 말했다.

"말도 안 돼요! 너희는 싸우면서도 나한테는 입 다물고 있으라고 강요하면서 팀을 짜는구나!" 수밤이 손을 허공에 날리며 말했다. "그냥 메이크업만 하세요."

그들은 수밤을 가운데 앉게 했다. 그리고 30분 동안 조용히 있었다. "산치, 나랑 자리 좀 바꿔줄래?" 수밤이 말했다. "여기 있는 긴장감 때문에 죽을 것 같아요."

"그럼 제가 이야기 하나 해드릴게요." 아라브가 말했습니다. "산에 새겨진 65 마리의 새 이야기입니다.

아요디아 언덕은 푸룰리아 지역에 위치한 언덕이 많은 작은 고원입니다. 이곳은 쵸타나그푸르 고원의 가장 동쪽에 있으며 동부 가츠 산맥의 확장된 부분입니다. 이 장소의 여러 벨트는 한때 낙살 인으로 가득 차있었습니다. 극심한 가난으로 인해 그들은 정부에 대한 폭력에 의지했습니다. 또 다른 우려스러운 점은 아무도 이 아름다운 언덕과 동식물의 보존에 관심을 두지 않는다는 것이었습니다.

하지만 언덕을 생명이 없는 지형지물로 생각하지 않는 한 남자가 있었습니다. 그는 언덕이 예술 창작에 영감을 주는 살아 숨 쉬는 존재라고 생각했습니다. 그의 이름은 치타 데이입니다. 그는 재능은 있지만 돈이 거의 없는 가난한 예술가였습니다. 그는 조각을 할 장소를 찾고 있었습니다. 3 년간의 검색 끝에 한 가지 아이디어가 떠올랐습니다. 그는 800 피트 높이의 무라부루 언덕을 현장 암벽 조각을 위한 캔버스로 선택했습니다.

모두가 그를 비웃었습니다. 심지어 허가를 받기 위해 찾아간 정부 관리들도 그를 조롱했습니다. 심지어 지역 청년들을 훈련시켜 고용하고 싶다는 그의 아이디어에 지역 청년들조차 비웃었습니다. 그럼에도 불구하고 그는 자신의 꿈을 이루기로 결심했습니다. 그의 끈질긴 노력 끝에 마침내 정부로부터 허가를 받았습니다.

그는 자신의 저축과 뜻있는 사람들이 모은 돈으로 지역 젊은이들을 훈련시키기 시작했습니다. 하지만 본격적인 조각은 9년 후 정부가 그의 노력을 알아보고 프로젝트에 1 크로레를 지원하면서 시작되었습니다. 이 돈은 비계, 도면 재료, 인프라 구축, 지역 젊은이들에게 급여를 지급하는 데 사용되었습니다.

치타 데이와 그의 팀은 깎아지른 듯한 바위에 65 마리의 아름다운 새를 정성스럽게 조각했습니다. 멀리서 보면 마치 새들이 날아가는 것처럼 보입니다. 이 지역에서는 아요디아 언덕 전체의 장관을 볼 수 있습니다.

이 지역의 관광 산업이 발전하기는 했지만 그 정도까지 발전하지는 못했습니다. 여전히 도시의 번잡함에서 멀리 떨어진 숨겨진 보석으로 남아 있습니다. 하지만 암벽 등반 애호가와 조류 관찰가들 사이에서는 꽤 인기 있는 곳입니다.

이 작가는 이곳에 몇 채의 오두막을 지어 게스트들에게 시골의 아름다움을 체험할 수 있는 기회를 제공하고 있습니다. 임대료는 그가 운영하는 지역 개발 프로젝트에 쓰이는 기부금 형태로 지불됩니다. 이제 여러분은 앞으로 이틀 동안 머무를 곳을 알게 되었습니다."

이 그룹은 예술가로부터 직접 환영을 받았습니다. "편히 쉬세요. 럭셔리한 느낌은 못 드리겠지만 집에 필요한 기본적인 편의시설은 모두 갖춰져 있습니다."라고 그는 따뜻한 미소를 지으며 말했습니다. 이어서 그는 온갖 종류의 과일과 채소를 심어놓은 뒷마당 정원을 보여주었습니다. "이 정원의 신선한 농산물은 우리 주방에서 사용됩니다. 우리는 가족처럼 모든 코티지에서 온 손님들과 함께 아침, 점심, 저녁 식사를 합니다."

코티지는 서로 나란히 지어진 귀여운 오두막집과 비슷했습니다. 반대편에는 작가의 작업실이자 집 역할을 하는 사무실이 있었습니다. 중앙에는 식사 공간 역할을 하는 커다란 열린 공간이 있었습니다. 한쪽 끝에는 주방이 있었습니다. 그들이 도착했을 때 이미 아침 식사가 제공되고 있었다.

산치와 라이마는 한 오두막을 공유했고, 아이들은 옆 오두막에 머물렀다. 아침을 먹은 후 그들은 곧장 1km 떨어진 파키 파하르로 향했습니다. 그들은 오르막길 여정을 시작했습니다. 아라브와 산치는 일사불란하게 걷고 있었고, 수밤은 그 뒤를 바짝 쫓으며 셀카와 사진을 찍었습니다.

라이마만 힘들어했습니다. 한 걸음 한 걸음 내디딜 때마다 라이마는 뒤처지고 있었습니다. 프라틱은 한참 동안 모른 척했습니다. 마침내 그는 더 이상 견딜 수 없었습니다. "오, 맙소사! 내 손을 잡아줘요." 프라틱은 라이마를 향해 손을 뻗었다.

"오, 이제야 말을 하기로 했구나! 네 도움은 필요 없어. 내가 알아서 잘하고 있다고!"

"좋아. 마음대로 해! 길을 잃어도 울지 마세요."

그렇게 말하자 프라틱은 속도를 내더니 이내 시야에서 사라졌습니다. 라이마는 넘어질까 봐 두려웠지만 도움을 요청하고 싶은 충동을 억누르며 네 발로 걷기도 했습니다. 다른 트레커들이 간간이 그녀를 지나쳐서 길은 분명했습니다. 한 시간이 지나자 그녀는 지쳐버렸습니다. 그녀는 그늘을 찾기로 결심하고 트레일에서 조금 벗어났습니다. 바위에 앉으려던 순간 발이 미끄러지면서 비명을 질렀습니다. 머리가 나뭇가지에 부딪히려는 순간, 누군가 그녀의 손을 잡아 안전한 곳으로 끌어당겼습니다.

"고마워요..." 그녀는 방금 전력 질주한 것처럼 헐떡이며 앞에 서 있는 프라틱을 보고 잠시 멈칫했습니다. 그는 여전히 그녀의 손을 꼭 잡고 있었다. "아야! 아프잖아."

"라이마, 그 미친 장난은 언제쯤 멈출 거야? 넌 날 걱정하게 만드는 재주가 있잖아!"

"어떻게......?"

"널 찾았어? 널 찾으러 돌아왔지만 넌 여전히 도움을 요청하지 않았어. 나는 당신 바로 뒤에서 트레킹을 하고 있었지만 당신의 시야에서 벗어나지 않도록 충분히 조심했습니다. 당신이 트레일을 벗어나는 것을 보고 때마침 당신이 넘어지는 것을 잡기 위해 달려왔어요."

"길을 잃은 게 아니에요. 그냥 쉴 수 있는 그늘을 찾고 있었어요."

"그리고 넘어져서 비명을 지르는 건 계획에 없던 일이었군요."

"아니... 고집을 부려서 미안해요."

"너무 못되게 굴어서 나도 미안해."

프라틱은 라이마를 가까이 끌어당겨 꼭 껴안았다. "매일 너한테 소리 지른 거 후회하고 있어. 미안해, 내 자존심을 버리는 데 너무 오래 걸렸어."

"나도 보고 싶었어. 있는 그대로의 나를 받아준 건 정말 용감한 일이야. 당신을 잃을까봐 무서웠어. 더 일찍 말하지 않아서 미안해."

"저기, 난 라이마를 미치도록 사랑해. 그리고 당신이 수많은 남자들 중에서 나와 함께 하기로 선택해줘서 두 배로 운이 좋았어." 프라틱이 미소 지으며 말했다."사랑해."

라이마는 프라틱을 가까이 끌어당겨 키스했다. 그녀의 모든 피로가 허공으로 사라지는 듯했다.

그들은 손을 잡고 정상에 올랐다. 친구들이 이미 기다리고 있었다.

"둘이 화해한 것 같네요. 재회하게 되어 하늘에 감사해요!" 수밤이 말했다.

"네." 친구들은 수밤을 꼭 끌어안으며 한목소리로 말했습니다.

"으웩! 이거 놔!" 수밤이 웃음을 터뜨리며 말했다. "이제 너희 둘이 같이 날 공격하는구나!"

"우리가 정복하는 것은 산이 아니라 우리 자신입니다." 프라틱이 라이마를 바라보며 말했습니다. "그리고 오늘 저는 제 편견을 극복했습니다."

아라브는 "여행은 우리의 영혼을 치유합니다." "최고의 치료법이에요." 라고 말했습니다.

다섯 명 모두 장엄한 경치를 감상했습니다. 그 모든 오르막길은 그만한 가치가 있는 것 같았습니다. 오두막집으로 돌아왔을 때는 이미 저녁 식사 시간이었습니다. 모닥불이 켜져 있었고 다른 게스트들도 모닥불 주위에 모여들었습니다. 모든 그룹이 그렇듯 기타를 든 남자가 항상 있었습니다. 이 그룹도 다르지 않았습니다. 모두가 그와 함께 노래를 불렀다. 산치와 그녀의 친구들도 합류했습니다.

"산치, 위를 봐." 아라브가 다른 사람들이 방해받지 않도록 조심스럽게 말했다. 하늘은 맑고 별빛으로 가득했다. "자세히 관찰하면 별자리를 알아볼 수 있을 거예요. 푸룰리아는 서벵골 전역에서 하늘이 가장 맑은 곳 중 하나예요."

분위기는 매우 차분했습니다. 산치는 아라브의 어깨에 머리를 얹었다. 정말 행복했습니다.

"아라브, 사랑해."

"더 사랑해, 산치"

저녁 식사 후 모두들 각자의 오두막으로 돌아갔다. 산치는 가장 친한 친구와 좋은 시간을 보낼 수 있어서 정말 기뻤습니다.

"라이마, 지난 한 달 동안 너와 함께 시간을 보내지 못해 미안해. 모든 일이 너무 빨리 지나갔어. 그리고 이 모든 것이 저에게는 너무 새롭습니다. 아라브와 사이를 망치고 싶지 않았어...... 하지만 그 과정에서 널 무시하게 됐어. 제가 나쁜 친구인 거죠?"

"바보 같은 소리 그만해. 넌 괜찮아. 누구나 다 그렇잖아요. 보가 나타나면 친구들은 소외당하죠. 네가 그걸 알아차리고 죄책감을 느꼈다는 건 네가 얼마나 보를 아끼는지 보여주는 거야."

"이해해줘서 고마워요, 라이마. 이제 말해봐, 프라틱이 널 괴롭히니? 널 울리면 때려버릴 거야."

"하하, 저를 위해 그렇게 하실 거라는 건 알지만, 산치, 프라틱은 정말 다정하고 친절해요. 그는 진심으로 저를 사랑하고 저도 그를 사랑해요."

"아까 둘이 무슨 말다툼이 있었는지 말해줄래요?"

"당신..."

"무슨 말이야?"

"산치.... 화내지 마세요..... 전에 말하지 않은 게 있어요...."

"라이마, 네가 편할 때만 말해. 너한테 강요하고 싶지 않아."

"아니, 아니야... 고백하고 새로 시작해야겠어." 라이마는 산치가 참을성 있게 기다리는 동안 잠시 멈칫했다."나도 한때는 너에게 감정이 있었지만... 넌 나를 친구로만 생각한다는 걸 깨달았어. 시간이 지나면서 그 사실을 인정하고 잊어버렸어요. 게다가 네가 부담스러워하지 않았으면 좋겠어. 넌 이미 많은 일을 하고 있었어. 그래서 아무 말도 하지 않았어요."

라이마는 반응을 기다렸지만 산치는 침묵을 지켰다. 그래서 그녀는 계속 말했습니다. "프라틱에게 아무것도 숨기고 싶지 않았어요. 그가 저를 있는 그대로 받아들이길 바랐어요. 그래서 그의 생일날 밤에 모든 것을 말했고, 그는 제가 더 일찍 말하지 않았다고 생각해서 결국 싸웠어요. 사실 저는 그가 저를 떠날까 봐 두려웠어요."

"만약 그가 떠나면 그건 그의 손실이겠죠." 산치가 마침내 입을 열었다. "넌 내가 아는 가장 멋진 여자야. 내가 여자에게 단 1%라도 관심이 있었다면 그건 의심할 여지없이 너였을 거야."

산치는 라이마를 곰인형으로 안아주었습니다. "혼자서 감추느라 정말 힘들었겠어요. 좋아하는 사람이 나를 좋아하지 않으면 가슴이 아프잖아요. 저를 배려해줘서 영광이에요. 더 빨리 깨닫지 못해서 미안해."

"진정해. 난 상심하지 않았어. 다른 방식이긴 하지만 사랑받고 있다고 느끼게 해줬잖아. 그리고 네 친구가 되어서 정말 행복해."

소녀들은 밤늦게까지 이런저런 이야기를 나누다가 산치가 아라브에 대한 이야기를 꺼냈습니다. "라이마, 생각해 봤는데요. 아라브와 나는 꽤 잘 지내고 있지만 아직 ... 아직 ... 음..."

"아, 너 좀 봐. 우리 아기가 다 컸네요." 라이마는 웃었다. "가장 중요한 질문은 그가 당신에게 부탁했습니까?"

"어...아니...내가 원해서..."

"아타 걸! 뭐가 널 망설이게 하는 거야?"

"조잡하게 들리지 않고 어떻게 말해야할지 모르겠어요..."

"욕망에 대해 조잡한 건 없어, 여보. 당신은 그를 원해. 그러니 그에게 당신이 원한다는 것을 보여주세요."

"그는 이전에 경험이 있었을 것입니다. 그는 거의 그리스 신처럼 생겼어요."

"그리스 신이 반한 여자는 당신이 처음이라고 프라틱이 말해줬어요. 긴장 풀어요. 자기계발 전문가들이 내면의 여신을 찾으라는 말 못 들었어? 포효하라!"

그들은 큰 소리로 웃음을 터뜨렸다. 산치는 잠들기 전에 내면의 여신을 찾아야겠다고 마음속으로 다짐했습니다.

다음날 아침 그들은 현지 관광을 떠났습니다. 저녁에 돌아왔을 때 깜짝 선물이 기다리고 있었습니다. 치타 데이가 손님들을 위해 요청이 많았던 차우족 댄스 공연을 준비한 것이었죠. 인근 마을 사람들이 공연을 보기 위해 모여들어 흥분된 목소리로 이야기를 나누고 있었습니다.

아라브는 놀란 표정이 아니었다. 산치는 자신이 이 일에 관여했는지 의심스러웠다.

수밤은 "이건 정말 보기 드문 공연입니다."라고 말했습니다. "차우 춤은 유네스코 인류무형문화유산 대표 목록에 등재되어 있습니다."

공연이 시작되자마자 관중석은 조용해졌습니다. 라마야나에 나오는 에피소드를 춤과 아크로바틱으로 재구성한 공연은 모두를 매료시켰습니다. 공연이 끝나자 관객들은 기립박수를 보냈고, 공연장은 진심 어린 박수와 감탄으로 가득 찼습니다.

산치는 치타 데이에게 다가가 열광적인 공연을 기획해 준 것에 대해 감사의 인사를 전했습니다.

"저기 서 있는 소년에게 감사해야 합니다." 데이씨가 말했습니다. "제가 마침내 이 공연을 기획하겠다고 약속할 때까지 저를 계속 괴롭혔던 아이입니다. 이제야 그 이유를 알겠네요."

산치는 얼굴을 붉혔습니다. 아라브가 진짜 배후에 있었던 거죠.

"선생님은 예술과 보존에 대한 꿈을 이루기 위해 모두를 거스르셔야 했어요. 가장 힘든 순간을 어떻게 극복하셨나요?" 산치가 물었습니다.

"믿음을 가지세요. 믿음은 산을 옮길 수 있죠." 늙은 예술가가 웃으며 말했습니다.

그날 밤 라이마는 프라틱과 함께 있고 싶다고 고집을 부렸고, 수밤은 결국 동행이 반가웠던 예술가와 같은 방을 쓰게 되었습니다. 산치는 라이마에게 조용히 고마워했습니다. 라이마에게는 기회를 잡을 수 있는 기회였으니까요.

"저와 함께 지내도 괜찮으시겠어요?" 아라브가 오두막집에 들어가기 전에 물었습니다. "원하신다면 수밤과 함께 지낼 수 있어요."

"안 돼!" 산치는 거의 비명을 지를 뻔했다. "내 말은, 난 아주 편해요. 떠날 필요 없어요."

아라브는 문을 닫고 산치 옆 침대에 앉았다. "피곤하겠구나. 이리 와서 자러 가자."

산치는 마지못해 응했다. 그들은 침묵을 깰 때까지 한동안 나란히 누워 있었다.

"아라브, 자고 있어?"

"네"

산치는 그의 대답에 킥킥 웃었다.

"도저히 잠이 안 와요." 산치는 아라브를 향해 고개를 돌렸다. "이 베개가 편하지 않아요."

아라브가 손을 뻗었다. 산치는 그의 어깨에 머리를 얹고 가까이 다가갔다.

"이제 괜찮아?"

"완벽해"

"산치, 공연은 즐거웠어?"

"네, 그리고 당신이 배후에 있었다는 것도 알아요."

"잘 보여줘야 할 여자가 있었거든요. 웅장해야 했어요."

"이 여자애는 당신이 하는 작은 일 하나하나에 감동을 받아요." 그녀는 그의 머리를 부드럽게 쓰다듬었고 아라브는 그녀를 더 가까이 끌어당겼다. "어떻게 이렇게 차가워요? 심장이 미친 듯이 뛰는데요."

아라브는 마침내 눈을 뜨고 그녀를 똑바로 바라보았습니다. "차가워? 산치, 당신은 지금 내 머릿속에서 어떤 생각이 떠오르는지 모를 거예요. 지금 이 순간 당신에게 해주고 싶은 일이 수없이 많아요."

산치는 키스를 하려고 몸을 기울였다. 이번에는 단순한 키스 이상의 것을 원했다. 그녀는 그의 귀를 부드럽게 깨물며 사랑한다고 속삭였다.

아라브는 재빠른 동작으로 산치 위로 올라가 그녀의 양손을 그의 손에 고정하고 열정적으로 키스했다. 잠시 후 그는 뒤로 물러나며 "나 자신을 억제하는 데 얼마나 많은 자제력이 필요한지 알아요?"라고 말했습니다.

"오늘 밤은 참지 마." 산치의 목소리는 정열로 떨리고 있었다.

그녀는 그의 입술이 그녀의 목과 목을 따라 움직이는 것을 느꼈다. 그는 천천히 그녀의 티셔츠 단추를 풀었다. 그의 부드러운 애무가 산치의 온몸에 욕망의 파도를 일으켰다.

"산치, 정말이야?"

"네. 오늘 밤 내내 나를 사랑해 주길 바라요."

그리고는 아무것도 그들을 막을 수 없었습니다. 그들은 한밤중까지 사랑을 나누었습니다.

다음날 아침, 그들은 일상으로 돌아갈 시간이 되었습니다. 그들은 산에 작별을 고하고 돌아오는 길을 시작했습니다. 산치는 이제 사람들에게 자신의 대의에 대해 말할 때가 되었다고 생각했습니다.

"여러분, 2011년에 발생한 병원 화재로 수많은 무고한 사람들이 사망한 사건 기억하시나요? 제 동생도 그런 희생자 중 하나였어요. 부모님은 그 상실을 견디지 못하셨고 얼마 지나지 않아 결혼

생활이 파탄 났어요. 저 때문에 어린 슈루티가 병원에 입원한 것이기 때문에 저는 죄책감과 트라우마를 안고 자라야 했습니다. 법정 소송은..."

산치의 말이 갑자기 끊겼습니다. 아라브는 차의 통제력을 잃고 도로를 벗어나 나무를 향해 돌진했고, 충돌 직전까지 갔죠.

장: 어린 소년

아라브는 산치가 병원 화재에 대해 말하는 순간 귀를 막았습니다. 그가 들을 수 있는 것은 타는 듯한 통증과 함께 울리는 소리뿐이었습니다. 아라브가 정신을 차렸을 때는 차가 나무에 부딪히기 직전이었습니다.

프라틱은 뒷좌석에서 뛰어내려 때마침 핸들을 꺾어 재앙으로부터 그들을 구했습니다. 차는 비명을 지르며 멈춰 섰습니다.

그 후 몇 시간 동안 그는 멍한 상태로 있었고 프라틱은 그들을 도시로 데려다 주었습니다. 그는 피곤하다고 말하며 여행 내내 자는 척했습니다.

산치가 무언가를 말하고 있었지만 무슨 말인지 알아들을 수 없었다.

아라브는 달리는 차에서 뛰어내리고 싶었다. 어떻게 운명이 이렇게 잔인할 수 있을까요? 그의 삶이 제자리를 찾아가고 있을 때, 그를 둘러싼 세상은 다시 한 번 무너져 내렸습니다.

아라브는 곧장 집으로 돌아갔습니다. 그는 모든 사람들로부터 벗어나 잠시나마 혼자 있고 싶었습니다. 하지만 아라브는 아버지가 평소처럼 전화 통화에 열중하고 있는 모습을 발견했습니다. 아라브는 바로 위층에 있는 자신의 방으로 가고 싶었지만 우렁찬 목소리가 그를 맞이했습니다.

"안녕 아라브, 아버지께 인사하지 않기로 했니?"

"아빠, 출장 갔다가 언제 돌아오셨어요?"

"어젯밤에. 하지만 평범한 사람들과 시간을 낭비하며 외출하셨다고 들었어요."

"조심하세요, 아빠. 아빠가 말하는 친구들은 제 친구들이에요. 그리고 당신 덕분에 그 친구들도 잃게 될 것 같아요."

"아, 다 잘된 일이야! 그렇지 않으면 내가 간섭하느라 시간을 낭비했겠지."

"아빠, 아들에 대한 감정이 없으세요?"

"감정은 바보들이나 갖는 거야. 그리고 넌 내 아들일 뿐만 아니라 내 사업 제국의 법적 상속인이야."

"오, 그만! 내가 몇 번이나 아버지 사업을 물려받고 싶지 않다고 말했잖아요!"

"닥쳐, 이 배은망덕한 놈아! 누가 네 생활비를 대? 네가 사는 저택, 네가 운전하는 차, 그리고 네가 내 상속인으로서 누릴 수 있는 수많은 특권들!"

"내가 이런 걸 요구한 적 있어? 난 아빠를 선택할 수 없었어. 이런 특권은 유일한 상속인으로서 아빠의 명성을 더럽히지 않기 위해 저에게 강요된 것일 뿐이에요."

"물론 넌 네 의무를 다해야 해. 내가 널 그 NGO에 가입시킨 이유는 네가 떠나서 내 이름을 망치려고 혈안이 되어 있었기 때문이야. 이제 정신 차려야 할 때야."

"저 정신 차렸어요, 아빠. 어디를 가도 아버지의 그림자에서 벗어날 수 없을 거예요. 어디를 가든 아버지가 저를 따라다녀요."

"따라다닌다고! 매너는 어디 갔어? 왜 그렇게 배은망덕해?"

"아버지, 아버지의 부는 무고한 목숨을 희생해서 쌓은 거예요. 무슨 일이 일어날 때마다 당신은 그것을 무시하거나 당신의 돈과 영향력으로 덮어버리죠."

"부수적인 피해는 어디에나 있단다, 아들아."

"하지만 아빠는 군인이 아니잖아요. 기업은 국가를 건설하는 것이지 내부에서 국가를 부식시키는 것이 아니야."

"네 아버지는 이 주에서 가장 큰 사업가 중 한 명이야. 나는 여기서 자선단체를 운영하는 게 아니다. 소외계층을 위한 사회공헌 활동은 충분히 해왔어요. 그리고 그 돈도 수익에서 나온 것입니다."

"아빠의 모든 수익은 윤리적인가요?"

"윤리! 수천 개의 일자리를 만드는 게 윤리적이지 않아요? 스스로 돈을 벌지 않고 부자들을 탓하는 가난한 사람들처럼 말하지 마세요! 난 은수저를 물고 태어나지 않았어. 나는 사다리를 올라야했다. 하지만 넌 내 아들이기 때문에 모든 걸 가졌어. 그런데도 넌 모든 걸 버리려고만 하지. 뭘 위해서?"

"아빠, 저는 항상 아빠의 능력에 감탄했어요. 하지만 우리 모두는 때때로 잘못된 결정을 내릴 때가 있어요. 자신의 행동에 책임을 지는 것은 우리 모두의 몫 아닌가요?"

"무슨 말씀이세요?"

"아빠, 2011년 화재로 많은 사람이 죽었어요...... 아빠가 막을 수 있었어요......." 아라브의 목소리는 감정에 북받쳤습니다.

"아라브, 내 결정이 아니었다고 몇 번이나 말했니? 병원 정책 때문에 적시에 조치를 취하지 못했어."

"무고한 사람들의 목숨보다 정책이 더 중요해요, 아빠?"

그의 아버지는 대답하기 전에 잠시 멈칫했다. "너무 오래 전 일이야. 이젠 네 인생을 살아야 할 때야."

"하지만 화재로 피해를 입은 사람들에게는 시간이 멈추지 않았습니다. 그들은 여전히 답을 찾고 있습니다. 그들은 여전히 정의를 찾고 있습니다."

"너무 관여하지 말라고 했잖아."

"아빠도 노력했어요. 모든 방법을 다 써봤어요. 하지만 운명은 때때로 잔인한 장난을 치죠. 그리고 저는 지금 벌을 받고 있어요."

아버지는 무슨 말을 하려다가 다른 전화가 걸려와서 방해를 받았습니다. "아라브, 이 대화는 계속하겠지만 저는 이 원격 회의에 참석해야 해요. 급한 일이에요."

아라브는 갑작스러운 전화에 조금도 놀라지 않았습니다. 사실 이 대화는 그가 아버지와 실제로 나눈 몇 안 되는 진솔한 대화 중 하나였기 때문입니다. 항상 회의, 원격 회의 또는 사업 거래로 인해 아버지는 정신없이 바빴기 때문입니다.

그러는 동안 그는 휴대전화를 들여다보았습니다. 산치가 메시지를 너무 많이 남겼기 때문입니다.

아라브, 괜찮아?

어디가 불편한지 말해도 돼요.

답장을 기다리겠습니다.

오, 너 지금 자고 있겠구나

깨어나면 전화해

아라브는 산치를 어떻게 대면해야 할지 몰랐다. 그는 그녀의 눈을 똑바로 쳐다볼 수도 없었다. 그녀의 아버지가 산치와 싸우고 있는 병원의 이사 중 한 명이라는 사실을 어떻게 그녀에게 말할 수 있을까요?

아라브의 머릿속은 사건의 실제 시간으로 돌아갔습니다.

아라브는 한밤중에 아버지가 전화로 외치는 소리에 잠에서 깼습니다. "아직 소방서에 전화하지 마세요. 일단 내부적으로 해결해 보세요. 그게 절차다."

그 후 그는 많은 전화를 받기 시작했습니다. 한 시간 이상 계속되었습니다. 마침내 그는 아버지가 "상황이 통제 불능 상태입니다. 소방서에 전화할 수밖에 없습니다."

다음날 아침 아라브는 뉴스에서 병원 화재의 끔찍한 영상을 보게 되었습니다. 하지만 그는 불과 며칠 전 새 병동 개원을 위해 아버지와 함께 이곳을 방문한 적이 있었습니다! 그는 그곳에 입원한 아이들과 함께 놀기도 했습니다. 그들 중 다수는 일주일 안에 퇴원할 예정이었습니다. 그 아이들은 이제 죽었을까요? 그는 그 생각에 몸을 떨었습니다.

다시 그의 아버지가 전화를 걸었습니다. "가서 경찰에 자수해야 해요. 걱정하지 마세요. 다 쇼를 위한 거니까. 며칠 안에 대중의 분노가 가라앉으면 금방 나갈 수 있을 거야."

그 후 며칠 동안 아라브는 텔레비전 앞에 붙어 있었습니다. 그는 희생자 가족이 우는 모습을 볼 때마다 함께 울며 그들의 아픔을 느끼고 끊임없이 "미안하다"고 말했습니다.

사망자 수가 늘어날 때마다 아라브는 조금씩 더 큰 충격을 받았습니다. 그의 어머니는 상황이 진정되고 아버지가 보석으로 풀려날 때까지 몇 주 동안 그를 해외로 데려갔습니다. 그는 어머니가 마침내 그를 법정에 데려갈 때까지 그녀를 괴롭혔습니다. 그는 안으로 들어가는 것을 견딜 수 없었습니다. 그는 밖에 앉아 기다리다가 한 여자의 목소리를 들었습니다."왜 그렇게 슬픈 표정을 짓고 있니, 꼬마야? 신은 항상 잘못을 저지른 자를 벌하는 법이지."

아라브가 고개를 들어 화상을 입은 한 여성을 보았습니다. 그는 즉시 울기 시작했습니다.

"내가 놀랐니? 정말 미안해요. 지금 제 모습이 얼마나 끔찍해 보였는지 자꾸 잊어버려요." 그녀가 말했다. 하지만 놀랍게도 아라브는 그녀를 껴안고 눈물을 흘리며 "미안해"라고 계속 말했습니다.

그 후 아라브의 슬픔은 분노로 바뀌었고 아무 때나 싸움을 벌이기 시작했지만 약하고 마른 체격의 그는 항상 맞기 일쑤였습니다. 그러던 어느 날 아라브는 가라테 수업 포스터를 보게 되었습니다. 그는 어머니를 졸라 가라데에 가입하게 했습니다. 어머니는 처음에는 꺼려했지만 아라브가 분노를 표출할 수 있는 기회를 주고 싶었습니다. 아라브는 모든 상담 세션을 거부했지만 이번 상담은 그가 스스로 요청한 것이었습니다. 아라브의 행동이 긍정적으로 변화하는 것을 본 후 그녀는 걱정을 내려놓았습니다. 아라브는 차분해지고 공부에 더욱 집중하게 되었습니다. 아라브의 신체적 건강뿐만 아니라 정신 건강도 크게 개선되었습니다. 그때부터 그녀는 아라브의 무술 수업을 지켜보는 것을 그만두었습니다.

자라면서 그는 학교에서 단 한 명의 친구, 프라틱뿐이었습니다. 하지만 그의 고통은 너무 깊어서 그와도 나눌 수 없었습니다. 프라틱은 그가 약해져서 다른 아이들에게 괴롭힘을 당할 때나 반항을 할 때에도 그의 곁을 떠나지 않았습니다. 이제 좀 더 이성적으로 변한 아라브는 프라틱에게 가라테 수업에 함께 하자고 제안했습니다. 프라틱은 함께 액션 영화를 보며 자랐기 때문에 기꺼이 받아들였습니다. 몇 년 후, 두 사람은 수밤을 만났고 세 사람은 곧바로 친구가 되었습니다.

아라브의 아버지는 친구를 좋아하지 않았습니다. 아버지는 아라브를 같은 반 친구들에게 소개해 주려고 애썼지만, 아라브는 아버지가 누구인지 신경 쓰지 않는 프라틱과 수밤과는 달리 부잣집 아이들이 허세만 부린다고 생각했습니다. 그들은 아라브가 틀렸다면 주저 없이 그를 때리기도 했습니다.

아라브가 유니세프에 지원하기로 결심했을 때 관에 마지막 못이 박혔습니다. 아라브를 가족으로부터 단절시키겠다는 아버지의 협박은 그에게 통하지 않는 듯했습니다. 그러다 마침내 아버지는 아라브에게 거절할 수 없는 거래를 제안했습니다. 그는 아라브에게 1년 동안 휴가를 내고 원하는 NGO에서 일하라고 말했습니다. 그 후 아라브가 경영학 공부를 마치고 아버지를 위해 일하는 동안 아버지는 향후 5년 동안 자신의 NGO에 자금을 지원하기로 했습니다.

모든 것이 계획대로 진행되던 중 마침내 산치를 만나고 모든 것이 바뀌었습니다. 그는 처음부터 그녀에게 끌렸고 시간이 지날수록 상황은 더 좋아졌습니다. 아라브는 때때로 누나가 죽은 상황에 대해 궁금해했지만 산치가 마음을 열 때까지 인내심을 갖고 기다렸습니다. 그는 죄책감과 트라우마를 공유하는 것이 얼마나 고통스러운 일인지 잘 알고 있었기 때문입니다. 사실 그는 산치에게 어떻게 하면 가족에 대해 말할 수 있을지 고민하고 있었습니다. 언덕에서의 밤을 보낸 후, 그는 도시로 돌아오면 그녀에게 모든 것을 말하기로 결심했습니다. 하지만 산치가 들려준 이야기에 그는 할 말을 잃었습니다. 두 사람이 이렇게 별과 같은 관계를 공유하게 될 줄은 꿈에도 상상하지 못했습니다.

그 후 며칠 동안 그는 산치의 문자를 무시하고 그녀가 전화할 때마다 변명을 늘어놓았습니다. 심지어 몸이 아프다는 핑계로 가라테 수업에 가지도 않았습니다. 2주 후 아라브는 어느 날 전화로 울부짖는 산치를 마침내 만났습니다. 그녀는 자신의 행동이 너무 불공평하다고 자책하고 있었습니다. 아라브는 더 이상 숨지 않고 가능한 한 빨리 그녀에게 말하기로 결심했습니다. 그리고 그가 그녀에게 상처 준 것보다 백 배는 더 사랑하겠다고요.

******

산치는 만나자마자 그를 안아주었고, 아라브는 모든 불안감을 잊을 수 있었습니다.

"아라브, 제발 네가 아프더라도 절대 이런 짓은 하지 말아줘. 전염되더라도 내가 네 곁에 있겠다고 약속해줘."

"약속할게요."

"내 머릿속에 어떤 생각이 들었는지 알아? 그날 밤 내가 뭔가 잘못 말하거나 행동했을까 봐 걱정했어. 그래서 나한테 말을 하지 않았지."

"도대체 왜 그런 생각을 한 거예요?"

"당신이 하룻밤 자고 다음 날 그녀를 떠나려고 하는 남자가 아니라는 걸 알기 때문이죠."

"날 그렇게 믿어요? 나에 대해 아직 모르는 게 너무 많은데...."

"그리고 그것은 공유하기에는 너무 고통스럽기 때문입니다. 때가 되면 너도 나처럼 마음을 열게 될 거라는 걸 알아. 그때까지 난 네 곁에서 참을성 있게 기다릴게."

아라브는 산치를 안아주었습니다. 그는 산치를 찾아줘서 너무 감사했다. 그는 산치가 다치게 하지 않겠다고 스스로에게 약속했다.

"아라브, 우리 엄마를 만나고 싶어. 내일은 어때요?"

아라브는 움찔했다. 그는 산치와 먼저 화해를 하고 싶었지만, 오랫동안 부당하게 무시당했던 어머니를 거절하면 산치가 불안해할지도 모른다는 생각이 들었다.

"알았어, 갈게."

다음날 저녁 아라브는 초조한 마음으로 산치의 초인종을 눌렀다. 초인종을 누를 때까지 근처를 맴돌던 그가 몇 초 만에 문을 열었습니다. 산치의 따뜻한 미소가 아라브의 마음을 편안하게 해주었습니다.

"내 초라한 거처에 오신 것을 환영합니다." 산치가 웅장한 몸짓으로 말했다.

아라브는 미소를 지으며 집 안으로 들어갔다. 아라브는 방 한쪽 끝에 놓인 식탁에 40대 여성이 앉아 있는 것을 발견했다. 그녀의 머리는 희끗희끗했고 얼굴에는 슬픈 표정이 가득했다. 그 표정이 그녀의 유일한 표정이라고 믿을 수 있을 정도로 깊게 새겨져 있었습니다.

"엄마, 아라브예요." 산치는 아라브에게 가서 식탁에 앉으라고 손짓했다.

아라브는 산치 어머니 맞은편에 있는 의자를 끌어당겨 앉더니 "안녕하세요, 이모"라고 말했습니다.

여자는 그를 바라보며 무심하게 고개를 끄덕였다. "아라브, 무슨 일을 하세요?"

"현재 비정부기구에서 일하고 있는데 곧 제 사무실을 열고 싶어요."

"아, 잘됐네요! 돈도 없고 권력도 없는 착한 사람이 또 하나 생겼네!"

"엄마!" 산치가 부엌에서 소리쳤다.

그녀의 어머니는 알아차리지 못한 것 같았다. 그녀는 질문을 계속했다. "네 아버지는 무슨 일을 하셔?"

"아버지는... 사업을 하세요." 아라브는 더듬거렸다.

산치의 어머니는 그를 의심스럽게 쳐다보았다. "무슨 사업?"

어머니가 더 묻기도 전에 산치는 주스와 구운 마카나를 들고 아라브를 구하러 왔다. "엄마, 심문 받으러 온 게 아니라 엄마를 만나러 온 거예요."

"잘레비와 파코다는 어디 있어요? 이게 무슨 음식이에요?" 어머니가 잠시 생각에 잠겼습니다.

"건강에 좋은 간식이에요, 엄마. 마카나를 먹어보세요. 정말 맛있어요."

산치가 다시 안으로 들어가자 어머니는 두 잔을 집어 들었다. "왜 내 딸을 좋아한다고 주장하니?"

"주장이 아니에요, 이모. 사실이에요. 산치는 용감한 아이예요. 이모한테서 받은 게 분명해요."

산치의 어머니는 유리잔에 호박색 액체를 따르기 시작했다. "우리 딸이 드디어 남자를 찾았구나. 아라브, 내가 한 잔 따라줄게."

아라브는 음료를 거절하고 싶었지만 어머니의 기분을 상하게 하고 싶지 않았습니다. "이모, 주스 드셔보세요. 정말 맛있어요."

산치의 엄마는 듣고 싶은 말만 듣고, 듣고 싶을 때만 대답하는 기술을 알고 있었습니다. 그녀는 깔끔하게 한 잔을 마신 후 "나도 딸이 하나 더 있었어요. 딸이 살아있었다면 아마 어떤 남자를 집으로 데려왔을 것이고 나는 그를 쫓아냈을 것입니다. 딸은 아무에게나 맡기기에는 너무 소중한 존재예요."

아라브는 자신이 반쯤 혼잣말을 하고 있다는 것을 깨달았습니다. 아버지가 거기 앉아있다는 것은 핑계에 불과했습니다. 그는 왠지 자신의 아버지가 사랑스러운 가정을 파괴한 책임이 있다고 생각했고, 그것이 자신을 불편하게 만들기 시작했습니다.

"아라브는 슈루티를 더 좋아했을 거예요. 하지만 저는 산치도 사랑해요. 그녀는 내가 슈루티만 좋아한다고 생각해요."

아라브는 자리에서 꿈틀거리기 시작했다. "산치는 아줌마를 사랑해요, 이모."

"나도 알지만 그녀는 슈루티를 너무 많이 생각나게합니다. 내 딸은 자다가 불에 타 죽었어. 저 괴물들은 어떻게 밤에 잠을 잘 수 있는지 궁금해요. 아이에게도 같은 일이 일어났다면 어땠을까요?"

아라브는 더 이상 이 대화를 견딜 수 없었습니다. 그는 가슴이 답답하고 메스꺼웠습니다. 갑작스러운 죄책감의 물결이 더욱 거세졌습니다. "정말 미안해요." 그는 밖으로 나가기 전에 말했다. 그는 문을 닫는 산치의 목소리를 들을 수 있었습니다.

장: 진실에는 답이 없습니다

산치는 응접실에 들어섰고, 때마침 아라브가 뛰어나오는 것을 보았다. 그녀의 어머니는 편안하게 앉아 술을 마시고 있었다.

"도대체 무슨 말을 했어요, 엄마?"

"아무것도요. 그냥 슈루티에 대해 이야기하고 있었어요. 그가 도망친 사람이에요."

산치는 아라브를 쫓아갔다. 그녀는 더 멀리 갈 필요가 없었다. 그는 계단에 앉아 떨고 있었다.

"아라브, 괜찮아? 무슨 일이야? 엄마가 나쁜 말 했어? 엄마는 술 마시고 자기 연민에 빠질 핑계가 필요했을 뿐이야."

아라브는 산치를 올려다봤다. 그는 아무 말도 하지 못했다. 그저 그녀를 껴안고 울기만 했다. 산치가 아라브가 우는 모습을 본 건 이번이 처음이었다. 그녀는 그의 등을 부드럽게 두드려주었고 둘은 조용히 그 자리에 머물렀다.

다음날 라이마가 산치를 찾아왔다.

"콩을 흘려라. 무슨 일 있어요? 아라브는 아직도 말을 안 해요?"

산치는 조용히 고개를 끄덕였다. "정말 내가 아니라고 생각하는 거죠?"

"절대 아니죠."

지난 며칠 동안 산치는 아라브가 자신을 피하는 이유를 알아내려고 노력하는 한편, 부정적인 생각이 떠오르지 않도록 전시회를 위한 리서치를 계속했습니다. 라이마가 조사를 도와주었습니다.

그날 저녁 라이마는 지난 며칠 동안 조심스럽게 입을 다물고 있던 프라틱을 만났을 때 조심스럽게 아라브에 대한 이야기를 꺼냈습니다.

"프라틱, 절친의 사생활을 보호하고 싶은 마음은 알겠는데 제 절친이 정신을 잃고 자책하고 있어요."

프라틱은 먼 곳을 응시하고 있었다. "라이마, 내가 말해도 이건 아라브가 직접 산치에게 말해야 할 아주 사적인 일이야."

"무슨 일인데?"

"그의 가족 배경에 관한 거예요. 제가 말씀드릴 수 있는 건 두 사람이 함께 지낼수록 서로에게 상처를 줄 수 있다는 거예요. 어느 시점에서든 둘 중 한 사람 만이 행복 할 수 있습니다. 이렇게 될 줄은 몰랐어요. 불쌍하게 느껴져요."

"당신은 일을 더 복잡하게 만들고 있어요. 전말을 알아야 때가 되면 산치를 도울 수 있어요."

"라이마, 미안해. 이건 내가 할 이야기가 아니야"

라이마는 더 이상 묻지 않았다. 그날 밤 그녀는 아라브를 온라인에서 찾아보았지만 그는 디지털 발자국을 남기지 않은 것 같았습니다.

마침내 라이마는 이미지 검색을 해보았습니다. 검색 결과에서 오래된 잡지 기사가 나왔습니다. 그녀는 그것을 클릭했고 사진이 열렸습니다.

와디아 인더스트리의 후계자 공개, 제목을 읽었습니다.

라이마는 숨을 헐떡였습니다. 와디아 씨는 아므리 피해자들이 소송을 제기한 현직 이사 중 한 명이었다. 아라브는 그의 아들이었다. 그녀는 출력물을 꺼내 지갑에 넣어두었다. 그녀는 아라브를 만나야 했다.

다음날 아침 아라브에게 방문객이 찾아왔다. 라이마가 문 앞에 서 있었다. "멋진 저택이네요." 그녀가 말했다.

아라브는 그녀를 들여보냈다. 그는 가정부에게 커피 두 잔을 가져다 달라고 부탁했습니다. "그래서 뭘 알고 싶으세요?"

라이마는 인쇄물을 테이블 위에 올려놓고 "설명해 주세요."라고 말했습니다.

아라브는 이런 일이 일어날 줄 알았다. 그는 한숨만 내쉬었다.

"사실이에요. 저 남자가 내 아버지예요."

"그럼 왜 산치에게 접근했죠?"

"날 믿어, 라이마 일이 이렇게 될 줄은 몰랐어. 난 산치를 진심으로 사랑해. 절대 산치에게 상처 주는 짓은 하지 않을 거야."

"그래서 그녀를 무시한 거야?"

"처음에 저는 충격에 빠졌습니다. 어떻게 반응해야 할지 몰랐어요."

"그래서 언제 그녀에게 말할 계획인가요?"

"산치가 오해하지 않을 말로 표현할 수 있는 대로요."

"사흘 줄게, 아라브. 사흘이 지날 때까지 말하지 않으면 내가 할 거야." 그렇게 말하며 라이마는 의자에서 일어나 방을 박차고 나갔다.

그 후 이틀 동안 아라브는 이 주제를 꺼내려고 했지만 실패했습니다. 셋째 날은 슈루티의 기일이자 그날 밤 사망한 다른 89명의 기일이기도 했습니다. 추모식은 병원 화재 희생자들을 기리기 위해 기념비가 세워진 다쿠리아 호수에서 열릴 예정이었습니다. 다쿠리아 호수는 라이온스 사파리 파크 근처에 위치해 있었습니다.

산치는 친구들을 초대해 함께 가기로 했습니다. 라이마는 아라브를 유심히 지켜보았습니다.

아라브는 애도객들 사이에서 이미 불안감을 느끼고 있었습니다. 한때 그는 산치를 옆으로 끌어당기려 했다.

"산치, 너무 늦기 전에 할 말이 있어요."

"추도식이 끝날 때까지 조금만 더 기다려줄래요? 중간에 나가면 실례가 될 것 같아, 여보"

"산치 아주 중요하고 급한 일이야. 지금 당장 말하지 않으면 기회가 없을지도 몰라요."

산치는 뭔가 심각한 일이라는 것을 직감했다. "알았어요."

그들은 군중을 피해 걸어 나갔습니다. 아라브는 아무도 엿듣지 못하도록 했다. 그는 산치의 손을 잡고 부드럽게 말하기 시작했다.

"산치, 난 당신을 사랑하고 어떤 일이 닥쳐도 항상 당신을 사랑할 거야."

"잠깐만요, 저랑 헤어지려고요?"

"뭐! 절대 안 돼!"

"휴! 그럼 이게 프로포즈야? 지금은 그런 때와 장소가 아니잖아." 산치는 상황을 밝게 만들려고 노력했다. 그녀는 아라브가 얼마나 불편해하는지 알 수 있었다.

아라브가 웃었다. "유머는 고맙지만 청혼은 다음 기회로 미뤄요."

"슬프네요!"

"산치, 오늘 내가 하고 싶은 말은 내 정체성뿐만 아니라 당신의 정체성과도 관련이 있어요. I....."

그들은 큰 소란에 방해를 받았습니다. 마치 중요한 인사가 희생자들에게 꽃을 바치기 위해 도착한 것처럼 보였고, 이어서 카메라 플래시를 터뜨리느라 분주한 기자들이 몰려들었습니다. 추모식을 위해 모인 가족들은 갑자기 동요하기 시작했습니다. 고성이 오갔다. 반갑지 않은 손님이 온 것이 분명했습니다.

아라브와 산치는 현장에 더 가까이 다가갔습니다. 이제 군중은 폭력적으로 변하기 직전이었습니다. 그들은 주변에 있던 자갈과 물건들을 던지기 시작했습니다.

산치는 놀랍게도 아라브가 "아빠, 여기서 뭐해요?"라고 말하며 불청객을 향해 돌진했습니다.

"살인자의 아들을 봐!" 누군가 외쳤다. "우리의 동정심을 얻기 위해 걱정하는 척하는 거죠. 저놈들은 산 채로 불태워져야 할 놈들이야!"

산치의 머리가 빙글빙글 돌기 시작했다. 무슨 일이 벌어지고 있는지 이해할 수 없었다. 그녀는 라이마의 손이 자신의 어깨를 감싸며 자신을 안전한 곳으로 안내하는 것을 느꼈다.

"라이마...뭐...뭐라고 하는 거야? 왜 아라브....를 살인자의 아들이라고 부르는 거야?" 산치는 그 말을 입 밖으로 내뱉는 것조차 힘들어했다.

"오, 불쌍한 산치. 넌 이런 잔인한 현실 확인을 받을 자격이 없어."

"라이마, 제발 무슨 일인지 말해줘요. 도저히 이해할 수가 없어요."

"아라브는 라케시 와디아의 아들이자 AMRI 병원의 책임자이자 주요 피의자 중 한 명입니다."

"뭐요! 오해가 있을 리가 없어요! 아라브에게 물어봐야 해요... 그는 모두에게 진실을 말할 거예요."

산치는 군중을 밀어내고 자갈밭에서 아버지를 보호하려던 아라브에게 곧장 달려갔다.

"아라브! 그들이 잘못 알고 있다고 말해! 이건 사실일 수 없어요!"

아라브는 눈물을 흘리며 산치를 바라보았다. "안전한 곳으로 가, 산치. 이 군중은 통제 불능이야."

"안 돼요! 그럴 리가 없어요!" 산치는 아버지에게 끌려가면서 소리쳤다.

아라브의 침묵에 그녀는 자신이 잘못 생각했다는 것을 깨달았다. 그녀는 머리를 움켜쥐고 인도에 앉았다. 머리는 두근거렸고 심장은 회복할 수 없을 정도로 아팠다.

"산치, 정신 차려요. 잘 이겨낼 수 있을 거야." 그녀의 아버지가 등을 토닥이며 말했다. "라이마, 제발 집에 데려다줘."

산치는 그 후 몇 시간 동안 멍한 상태였어요. 정신을 차렸을 때 그녀는 집에 돌아와 있었습니다. 그녀의 어머니와 아버지가 그녀 앞에 앉아 있었습니다. 산치는 두 분을 함께 본 지 너무 오랜만이라 마치 꿈을 꾸는 것 같았습니다. "네! 맞아요. 이건 모두 꿈이야."

"산치!" 어머니가 산치를 깨우며 정신을 차리게 했습니다. "저 악당이 널 바보로 만들었는데 넌 그놈 손에 놀아난 거야! 네가 우리 가족에게 얼마나 큰 수치심을 안겨줬는지 알기나 해?"

산치는 침묵으로 그 말을 들었다. 그녀는 여전히 자신이 본 것과 들은 것을 믿을 수 없었다.

"산치, 이런 일은 언젠가는 일어나야만 했단다." 그녀의 아버지가 부드럽게 말했다. "하지만 이렇게 잔인한 일이 벌어진 게 후회스럽구나."

"알고 계셨군요!" 산치와 어머니가 한 목소리로 외쳤다.

"어떻게 그런 중요한 사실을 숨길 수 있어요?" 그녀의 어머니가 계속 말했다. "딸이 자신을 바보로 만드는 게 즐거웠나요?"

"아빠, 정확히 언제 알게 된 거예요?" 산치가 약하게 물었다. 딸이 하는 말을 들으려면 귀를 쫑긋 세워야 했다.

"처음에 소개해 주셨을 때 얼굴이 낯익었어요. 기소된 감독들에 대해 제가 조사를 많이 했거든요. 대화가 끝날 무렵에는 그의 아버지가 한 가정의 가장으로 인터뷰한 잡지에서 그의 사진을 본 적이 있다는 확신이 들었죠. 그 기사도 각본에 의한 것이었습니다."

"그럼 왜... 왜 나한테 말하지 않았어요?"

"왜냐하면 아버지와 달리 이 사람은 진심 같아 보였거든. 그리고 당신은 너무 행복해 보였어요..."

"하지만 그건 다 가짜였어! 전부 거짓말이었어!"

"난 아직도 그가 거짓말을 했다고 생각하지 않아, 산치. 내가 그에게 우리 대의에 대해 말했냐고 물었을 때 당신이 아니라고 했던 거 기억나? 그땐 그도 어둠 속에 있었다고 믿고 싶어요."

산치는 그 대화를 기억해내려고 노력했다.

"산치, 그가 최근에 우리 집을 방문했는데 그때도 몰랐나요?" 그녀의 어머니가 물었습니다.

"그는 알고 있었어요... 지난번 여행에서 모두에게 말했어요..."

"아하! 그럼 그는 일부러 너와 나까지 속이려고 했구나! 어떻게 감히 내 앞에 앉아서 내가 사랑하는 슈루티에 대해 말할 때 듣는 척을 할 수 있어!" 산치의 어머니는 역겨운 표정으로 말했다.

"결론을 내리기 전에 그의 말을 들어야 해요." 그녀의 아버지가 말했다. "소년에게 제대로 된 기회를 주는 게 공평하죠......."

산치는 더 이상 무슨 말을 하는지 들을 수 없었다. 머릿속이 텅 비었습니다. 아라브와 관련된 모든 기억이 거짓으로 더럽혀진 것 같았다. 마치 누군가 자신의 배를 주먹으로 때려서 숨이 멎는 것 같았다. 하지만 잠깐만요! 아라브만 그녀를 숨겨준 게 아니었다.

"아빠, 그만해요!" 산치가 목을 졸랐다. "네가 알게 된 순간 나한테 말했어야지. 난 아빠를 믿었어요. 엄마가 아빠를 반대할 때도 난 항상 아빠

편이었어요. 복수하려고 우릴 떠났다는 걸 알았어요. 그런데도 그런 중요한 사실을 숨기셨죠? 더 이상 누구를 믿어야 할지 모르겠어요." 산치의 말은 거의 들리지 않았다. 머리와 가슴이 모두 아팠던 그 순간에 그 말을 입 밖으로 내뱉으려면 온 힘을 다 쏟아야 했다.

"산치, 날 원망하고 싶으면 원망해도 좋지만 정신 차려야 해요. 넌 평범하고 행복한 삶을 살 자격이 있어." 그녀의 아버지가 말했습니다. "내가 항상 네 편이 되어줄게."

"정상! 내 인생에서 평범했던 한 가지를 말해봐요!" 산치가 소리쳤습니다. "처음에 너희들은 딸 중 한 명에게만 집착하고 다른 딸은 완전히 무시했어. 너희들 때문에 내가 슈루티를 사랑해야 할 만큼 사랑하지 못했어. 그리고 슈티가 우리 곁을 떠난 후에도 제가 죽든 살든 상관하지 않을 정도로 슈티를 애도하는 데만 몰두하셨죠. 그리고 아빠는 그렇게 저를 떠났어요. 난 그저 어린 아이였어요, 아빠 난 아빠가 필요했어요 그날 밤 내가 죽었다면 아빠도 기뻐했을 거예요."

"산치!" 엄마가 소리쳤다. "네 아빠한테 그런 식으로 말하면 안 돼. 지금 당장 사과해라."

"와, 엄마! 새롭네요. 첫째, 당신은 당신의 광기로 아버지를 몰아 냈습니다. 아빠가 우리 둘을 얼마나 사랑했는지 알았잖아. 내가 얼마나 아빠가 필요한지도 알았지. 그런데도 당신은 아빠를 떠날 수 밖에 없게 만들었어. 몇 년이 지났지만 당신은 다시 전화하지 않았어요. 그런데 이제 와서 나한테 사과하라고? 무슨 사과? 네 엉망인 정신상태를 참아준 거? 당신이 술만 마시면 날 마녀라고 부르며 괴롭힌 거? 내가 죽었으면 좋겠다고 몇 번이나 말했는지 알기나 해? 부모님이 모두 살아계신데도 고아처럼 사랑받지 못하고 자란 건 알기나 해? 저는 슈루티의 죽음에 대해 제가 기억하는 한 오랫동안 제 자신을 자책했어요. 매일 아침 저는 행복해서는 안 된다고 스스로에게 말했죠. 하지만 내가 죽으면 너희들에게 너무 큰 상처가 될 거라고 생각하며 매일 일어나기로 했어요. 하지만 넌 전혀 신경쓰지 않았어. 네게 중요한 건 네 멍청한 정의뿐이었어. 죽은 자를 위해 산 자를 무시하는 건 죄악이에요,

엄마. 하지만 엄마는 저한테 매일 그렇게 하셨어요. 그런데 제가 사과하길 바라세요?"

" 산치 그만해! 네 엄마는 이미 고통스러워하고 있어."

"아빠는 그 미친 여자를 상대하지 않으려고 저를 떠났잖아요. 그런데 이제 와서 그 여자를 옹호하는 거예요? 그렇구나! 세월이 흘러도 아버지는 죽은 딸과 아버지를 강제로 집을 나가게 한 아내에게만 관심이 있고, 저에게는 전혀 관심이 없으시군요. 좋아! 내가 빨리 이 집을 떠날 테니까." 산치가 말했다. 산치는 방으로 쿵쿵거리며 들어와 큰 소리로 문을 닫았다.

산치의 흐느낌이 섬뜩할 정도로 조용한 집안에 스며들었다. 오랜 침묵 끝에 산치의 어머니가 마침내 말을 꺼냈다. "엄마 말이 맞아요. 그녀가 한 말은 모두 옳아요. 나는 나쁜 엄마예요. 이 모든 일이 나 때문에 벌어진 일이야. 우리는 이미 한 딸을 잃었고 또 다른 딸을 잃을 위기에 처해 있습니다. 내가 무슨 짓을 한 거야!"

"날 봐, 얘야. 우리 딸은 지금 우리가 필요해. 딸은 상처받았고 그 고통을 토로할 곳이 없어요. 그녀는 아마도 진심도 아닌 말을 했을 거예요. 마음에 담아두면 안 돼요."

"하지만 그녀는 진심이었어요. 나는 그녀의 눈에서 그것을 볼 수있었습니다. 그녀의 목소리에서 느낄 수 있었어요. 사실 전에도 느꼈지만 내 고통에 빠져있느라 그녀를 무시하기로 했어요. 나는 그녀를 내 모든 부정적인 감정의 샌드백으로 사용했습니다. 오, 불쌍한 내 아이! 얼마나 고통스러웠을까요! 내가 무슨 짓을 한 거지? " 산치의 어머니는 곧 쓰러질 듯 의자 가장자리를 꽉 움켜쥐었습니다.

보우믹은 아내의 손을 부드럽게 얹었다. "당신은 혼자가 아니야. 내가 여기 당신과 함께 있습니다. 나는 항상 여기 있었어. 그러나 나를 보는 것이 당신에게 고통을주고있었습니다. 그래서 나는 멀리서 두 사람을 보호하기로 결정했습니다. 하지만 산치에게는 충분히 배려하지 못했어. 우리 둘 다 산치의 상처에 책임이 있어 하지만 지금

한탄하기엔 너무 늦었어. 이제 우리가 할 수 있는 건 가족으로서 함께 지내며 산치의 치유를 돕는 것뿐이에요. 힘들겠지만 딸을 위해 자존심을 내려놓아야 합니다. 산치는 지금 엄마와 아빠가 필요합니다."

산치의 어머니는 꽉 쥐고 있던 손을 살짝 풀고 고개를 들어 남편을 바라보았다. "정말 미안해. 내가 산치만 잘못한 게 아니라 당신도 잘못했어. 딸과 함께할 수 있는 기회를 박탈했어. 그리고 아내로서 당신을 실망시켰어요. 나는 당신의 용서를받을 자격이 없지만 미안합니다. 정말 정말 미안해."

"나는 당신에게 어떤 원한도 품지 않았어. 그러니 용서할 것도 없어. 당신은 내 인생의 유일한 사랑이었어. 하지만 그 때문에 내 시야가 가려져서 우리 딸의 도움을 요청하는 울부짖음을 보지 못했어." 그는 딸의 손을 잡고 부드럽게 두드렸다. "이제 다 지나간 일이에요. 우리 딸의 회복을 위해 함께 노력합시다."

산치의 어머니는 조용히 흐느꼈다. 잠시 후 그녀는 마침내 말을 꺼냈다. "그 소년은 우리가 딸에게 주지 못한 모든 것을 줬어요. 이렇게 행복한 모습은 처음 봤어요. 그 아이의 잘못인지 아닌지는 모르겠지만 사랑하는 사람을 미워하는 것이 얼마나 고통스러운 일인지 알기에 우리 딸이 그런 일을 겪지 않기를 바랐어요. 이제 어떻게 해야 할지 모르겠어요."

"시간을 좀 주자. 지금 우리가 할 수 있는 일은 딸의 곁에 머물면서 딸이 어떤 결정을 내리든 지지하는 것뿐이에요."

두 사람은 산치 방의 닫힌 문을 바라보며 이 불쌍한 아이가 얼마나 더 견뎌내야 할지 궁금해했습니다.

장: 작별 인사

"라이마, 산치가 지난 이틀 동안 방에서 나오지 않고 있어요. 아무것도 먹지 않아요. 빈 공간만 멍하니 쳐다보고 있어요. 너무 걱정돼요 지금이라도 데리고 나오세요."

"아줌마, 이모도 제 전화를 안 받아요. 우리 모두에게 화를 내고 있어요. 최선을 다해 도울게요."

라이마는 절친한 친구를 간절히 돕고 싶었지만 산치는 모두를 거부하고 있었습니다. 사흘 연속으로 그녀를 찾아왔지만 거절당했습니다.

"산치! 산치, 문 좀 열어줘. 꼭 할 말이 있어요. 제 말 좀 들어주세요...."

라이마의 계속되는 두드리는 소리에 갑자기 문이 열렸다.

"산치 나...."

"라이마, 그만해. 알겠어. 여기 있는 다른 사람들처럼 날 보호하고 싶다고 주장한 당신도 날 숨겼어. 나한테 한 번도 물어보지 않고 대신 결정을 내렸고 내게 최선이 무엇인지 결정했어. 정말 저를 그렇게 얕잡아 보셨나요? 내가 이 상황을 감당하기엔 너무 약하고 한심하다고 생각했나요?"

"산치, 맹세코 24시간 동안만 정보를 숨겼어요."

"즉시 말했어야지. 난 네가 내 가장 친한 친구라고 생각했어. 하지만 지금은 프라틱의 여자친구가 된 것 같네요. 아마도 네 친구보다 남자 친구의 절친을 더 보호하고 싶었던 것 같아."

"산치 프라틱은 제 결정과 아무 상관이 없어요."

"잘됐네요! 충성스러운 여자친구처럼 그를 지켜주다니!"

"산치 네가 상처받은 건 이해해. 나한테 얼마든지 화를 내도 되지만, 당신을 아끼는 모든 사람에게 쓴소리를 함으로써 스스로를 고립시키지는 마세요."

"진정한 성자처럼 말씀하시네요! 이제 저는 가혹한 현실로부터 저를 보호해준 모든 분들께 감사해야 할 것 같아요. 라이마, 그거 알아? 난 더 나쁜 날도 있었고 더 나쁜 일도 봤어. 내가 감당할 수 없을 것 같으면 그냥 날 지켜봐요."

복도 건너편에서 두 사람을 지켜보던 산치의 어머니는 더 이상 말을 잇지 못했습니다. "베타는 널 아끼는 가장 친한 친구인데..."

"이모, 괜찮아요. 산치가 정보를 처리하는 데 시간이 좀 더 필요한 것뿐이에요. 우리 모두 그래요. 다시 올게요." 라이마는 정문을 향해 걸어가면서 말했다.

그렇게 며칠이 흘렀다. 산치는 여전히 대부분의 시간을 방에 갇혀 지냈지만, 식사를 할 때만 밖으로 나왔고 대부분 침묵으로 일관했습니다. 어머니가 아버지가 곧 함께 살게 될 거라고 말해도 산치는 아무런 반응을 보이지 않았습니다.

며칠이 더 지나고 산치의 아버지는 그들과 함께 다시 이사했습니다. 말을 많이 하지 않던 산치의 행동에는 뚜렷한 변화가 있었습니다. 그녀는 더 활동적이 되었고 집안에 거의 나타나지 않았습니다.

산치가 떠난 지 얼마 지나지 않은 어느 날, 산치의 어머니는 걱정스러운 마음을 표현했습니다. "우리 딸이 걱정돼요."

보우믹은 "우리 딸은 아주 강해, 니샤"라고 안심시켰습니다. "지금 산치는 일로 바쁘게 지내고 있습니다. 전시회를 위해 최선을 다하고 있죠. 모든 것을 준비하려는 그녀의 노력에 감사하는 전화를 계속 받고 있습니다."

"하지만 그녀는 자신을 지나치게 혹사시키면서 감정을 억누르고 있습니다."

"앉아서 자기 연민에 빠져 있는 것보다는 낫죠. 또한 그녀의 내면에 무언가 변화한 것이 보입니다."

"산치는 항상 우리 중 가장 강했습니다. 우리는 그것을 보고 키우지 못했을 뿐이에요."

"아라브는 그걸 봤어요, 니샤. 그리고 산치가 최고의 모습을 갖출 수 있도록 영감을 주었죠.

아라브가 곁에 없는 지금도 산치는 자신감을 잃지 않고 있어요."

"수렌이라는 아이에 대해 말하지 마세요. 걘 그저 조종자에 불과해. 사과가 나무에서 얼마나 멀리 떨어질 수 있겠어요? 그의 아버지는 우리 가정을 파괴했고 난 절대 그를 용서할 수 없어요."

보우믹은 이 주제에 대해 더 이상 논쟁하는 것이 무의미하다는 것을 알고 있었습니다. 그는 딸이 더 나은 환경에서 아라브를 만났으면 좋겠다는 생각뿐이었습니다.

한 달이 지나고 드디어 전시회 날이 다가왔습니다. 산치의 끊임없는 노력 덕분에 투표율과 언론의 관심 모두 좋았고, 소셜 미디어 캠페인도 성공적으로 진행되었습니다. 많은 NGO 와 사회복지사들이 지지를 표명했습니다. 심지어 피해자들의 삶을 다룬 다큐멘터리를 제작하고 싶다는 한 독립 감독으로부터 연락을 받기도 했습니다. 협회 회원들은 모두 산치가 하는 일에 큰 감명을 받고 열광했습니다. 그녀는 감사의 메시지로 찬사를 받았습니다.

전시회 마지막 날, 아미나 베굼은 산치에게 다가갔습니다. "사랑하는 아이야, 드디어 네 힘의 빛이 비치고 있구나. 너의 에너지가 지친 우리 영혼에 새로운 생명을 불어넣어 주었구나. 그런데 왜 그렇게 우울해 보이니?"

"전 괜찮아요, 이모. 그냥 여기저기 뛰어다니느라 좀 지쳤어요."

"그래서 네가 자라는 모습을 지켜본 늙은 고모에게 거짓말을 하기로 했구나. 하지만 네 아빠가 이 포럼을 만든 건 서로 앞에서 괜찮은 척하지 말라고 만든 거 아니니?"

산치는 침묵을 지켰다. 며칠 동안 그녀는 과로로 몸과 마음이 마비되어 있었다. 하지만 그녀는 아미나 아줌마가 만족할 만한 대답을 하지 않으면 움직이지 않을 거라는 것을 알고 있었다. 아미나 아줌마는 누구든 도와주려고 발 벗고 나서는 착한 사람이니까요. 하지만 산치는 아줌마의 최근 상처를 보고 싶지 않았습니다. 그저 뒤도 돌아보지 않고 앞만 보고 달려가고 싶었습니다.

"아줌마, 사람들이 말하는 대로예요. 가장 행복한 사람은 너무 바빠서 자신이 행복한지 아닌지도 모르는 사람이라고요. 저는 그저 제 삶의 발판을 찾으려는 것뿐이에요."

"오, 사랑하는 산치. 당신은 철학적 진리로 나를 속일 수 없습니다. 아마도 당신은 혼자서 중대한 일을 처리하려고 할 것입니다. 내가 네 곁에 있고 네 부모님도 곁에 있다는 것만 알아둬."

산치는 그녀의 걱정에 감사하며 정중하게 대화를 끊었습니다. 하지만 얼마 지나지 않아 라이마와 마주쳤습니다. 산치는 소셜 미디어 캠페인의 입소문이 퍼진 것은 산치가 연락을 끊은 후에도 많은 인플루언서에게 몰래 연락을 취한 라이마 덕분이라는 것을 알고 있었습니다. 라이마를 너무 가혹하게 대했다는 죄책감도 살짝 들었습니다. 이제 화를 풀어야 할 때였습니다.

"라이마, 우리 얘기 좀 할 수 있을까요?" 산치가 마지못해 물었습니다. "너한테 너무 심하게 굴어서 미안해. 넌 날 보호하려 한 것뿐인데...."

산치는 곰돌이 포옹에 휩싸여 겨우 말을 끝낼 수 있었습니다. 라이마는 눈물을 흘리며 말했습니다. "당신이 그 틀에서 벗어나 이렇게 멋진 것을 만들어내서 정말 기뻐요."

산치는 즉시 안도감을 느꼈습니다. "저한테 말하지 않고 얼마나 열심히 일했는지 알아요. 나는 계속 감지할 수 있었지만 너무 단호해서 당신에게 말하지 못했어. 우리 예전으로 돌아가면 안 될까? 너한테 하고 싶은 말이 너무 많아."

"우리가 언제 변한 적이 있었나요? 어제만 해도 몇 시간씩이나 얘기하지 않았나요? 라이마는 눈물을 훔치던 눈을 윙크하며 평소의 밝은 모습으로 돌아갔다.

얼마 지나지 않아 두 소녀는 서로 어울리며 관람객들과 이야기를 나누고 전시회가 차질 없이 끝날 수 있도록 했습니다.

두 소녀는 남아서 모든 것이 제대로 마무리되었는지 확인하기 위해 자원했습니다. 결국 산치는 긴 한숨을 내쉬었습니다. "이게 그리울 거야."

"이게 그리울 거라니 무슨 말이야? 이번 전시회가 인기가 많았으니 다음 전시회는 언제든 계획할 수 있잖아요." 라이마가 약간 당황한 표정으로 말했다.

산치는 한참을 생각하다가 말을 이었다.

"라이마, 나 갈래."

"뭐?"

"나 IIM 시롱에 합격했어. 그리고 가기로 결정했어."

"그거...... 정말 좋은 소식이네요...... 하지만 너무 갑작스럽네요." 라이마는 기쁜 표정을 지으려 했지만 실망한 기색이 목소리에 고스란히 드러났습니다.

"아직 두 달이 남았습니다. 모든 절차를 먼저 완료해야 합니다."

"그럼 시간이 좀 있겠군요." 라이마가 낙관적으로 들리려고 노력하며 말했습니다. "부모님께는 말씀드렸어요?"

"아직요. 이 소식을 가장 먼저 전할 사람이 당신이에요."

"그럼 더 이상 시간 낭비하지 말자. 당신이 떠나기 전에 할 일이 너무 많으니까요."

두 사람은 이만 헤어지기로 하고 집으로 향했습니다. 산치는 절친과 나쁜 말로 헤어지지 않아도 된다는 사실에 기뻤습니다.

다음 날 아침 산치는 아침 식사 자리에서 이 이야기를 꺼냈습니다. 그녀는 어머니의 강력한 반대를 예상하고 모든 가능성에 대비했습니다. 하지만 어머니의 반응은 그녀를 놀라게 했습니다.

"네가 자랑스럽구나, 우리 딸. 넌 정서적 지원 시스템 없이 혼자서 모든 것을 감당하며 성장해야 했어. 사실 넌 내 술 취한 발작을 감당해야 했어. 그리고 넌 불평하지 않고 그렇게 했어. 당신은 충분히 오랫동안 나를 돌봐주었습니다. 이제 당신이 꿈을 쫓을 때입니다. 이 끔찍한 삶을 뒤로하고 아름다운 새 삶을 창조하세요. 신이 너에게 마땅히 받아야 할 모든 사랑을 주길 바란다."

"엄마... 고마워요!"

"짐 싸는 거 도와주고 세세한 부분까지 챙겨줄게. 넌 전시회를 위해 충분히 열심히 일했어. 이제 집에서 편히 쉬면서 즐거운 시간을 보내렴."

산치는 이미 모든 준비가 끝났다는 것을 엄마가 깨닫게 하려고 노력했습니다. 하지만 어머니의 열정은 하늘을 찌를 듯했습니다. 그녀 역시 딸을 위해 할 수 있는 모든 것을 하고 싶어하는 것 같았습니다.

그 후 몇 주가 순식간에 지나갔습니다. 명문 대학에 입학하는 것은 결코 쉬운 일이 아닙니다. 시험을 통과하는 것은 전투의 절반에 불과합니다. 모든 가입 절차를 완료하고 학자금 대출을 승인받으려면 많은 노력이 필요합니다. 다행히도 산치에게는 아버지가 최대한 도와주었습니다. 아버지도 앞으로 딸의 인생에 적극적으로 참여하고 싶어 하셨죠.

마침내 산치가 떠나기 전날, 그녀의 친구와 가족들은 그녀를 위해 송별 파티를 열었습니다.

"산치를 위해! 멋진 친구이자 멋진 딸을 위해!" 라이마가 오랫동안 준비해 둔 샴페인 병을 터뜨리며 말했습니다.

"이거 우리가 같이 샀던 거 아니야? 네 처녀파티에서 따고 싶었어!" 산치가 웃으며 말했습니다.

"그건 너무 먼 얘기죠. 게다가 신랑은 아직 프로포즈도 안 했어요." 라이마가 눈을 동그랗게 뜨며 말했다.

"지금이 신호야, 알잖아." 산치가 프라틱을 살짝 찌르며 말했다.

프라틱은 미소를 지으며 잔을 들어 그 요청에 화답했다. 그와 산치는 다시 대화를 이어갔다. 아직 절친한 친구 사이로 돌아간 것은 아니지만, 라이마를 위해 서로의 차이를 제쳐두기로 했다.

산치는 그날 밤 술을 거부할 수 없었습니다. 하지만 술이 그녀의 몸에 닿는 순간, 그녀는 오직 한 사람만을 갈망하는 자신을 발견했고 그는 파티에 참석하지 않았습니다. 그녀는 구석으로 가서 그의 번호로 전화를 걸기 시작했습니다.

"산치 멈춰!" 라이마는 방을 가로질러 달려가 산치의 휴대폰을 빼앗았습니다. "그런 표정으로 전화할 수 있는 사람은 단 한 명뿐이에요. 그리고 네가 떠나기 하루 전에 그 사람과 통화해서 기분을 망치게 할 수는 없어. 오늘 밤은 휴대폰을 저에게 맡기세요."

산치는 라이마의 말이 맞다는 것을 알았습니다. 그녀는 거부감 없이 휴대폰을 내주었습니다. 하지만 마음 깊은 곳에서는 그의 목소리를 듣고 싶었습니다. 그렇게 많은 사랑이 허공으로 사라질 수는 없으니까요. 그녀는 그가 이 모든 것이 오해일 뿐이며, 가족에게 평생 상처를 준 끔찍한 과거와는 아무 관련이 없다고 말하는 것을 듣고 싶었습니다. 하지만 그것이 사실이라면 그는 지금쯤 그녀에게 연락했을 것입니다. 이 모든 문제에 대한 그의 침묵이 그녀에게 가장 큰 충격을 주었습니다. 그는 태양 아래 모든 것에 대해 논리적으로 설명할 수 있는 사람입니다. 그런데 왜 지금 침묵하고 있는 걸까요?

"정신 차려, 산치." 라이마가 산치의 어깨를 붙잡으며 말했다. "네 앞에는 인생이 가득해. 한 남자 때문에 인생을 낭비하지 마. 넌 여기까지 오기 위해 정말 열심히 노력했어. 네가 해야 할 일은 뒤돌아보지 말고 다음 단계로 나아가는 거야."

산치는 공허한 표정으로 라이마를 바라보았다.

"좋아, 하룻밤 파티는 그만하자." 산치의 어머니가 두 사람을 놀라게 하며 말했다. "산치, 가서 씻고 바로 자렴. 내일 일찍 비행기를 타야 하니까. 라이마와 내가 여기서 마무리할게."

이미 적절한 출구를 찾고 있던 산치는 기꺼이 응했습니다.

한 시간 만에 모든 것이 마무리되고 마지막 손님이 떠났습니다. 보우믹 부인은 막 퇴근하려던 찰나 초인종 소리가 들렸습니다. 아마도 손님 중 한 명이 무언가를 두고 간 것 같았습니다.

그녀는 문을 열었지만 놀랍게도 그 앞에 아라브가 서 있었습니다. 그녀는 즉시 밖으로 나가 문을 닫았습니다. "도대체 여기서 뭐 하는 거야?"

아라브는 더 이상 보우믹 부인이 만났던 건장하고 잘생긴 청년의 모습이 아니었습니다. 그녀의 앞에 서 있는 소년은 아프고 창백해 보였다. 살이 많이 빠진 것 같았고 똑바로 서 있기도 힘들어 보였다.
"아줌마, 마지막으로 산치를 만나도 될까요?" 소년의 목소리는 거의 들리지 않았다. "안 가려고 했는데... 작별 인사도 없이 떠날 수가 없네요."

"아라브, 내 말 잘 들어요. 내 딸은 자신의 삶을 재건하기 위해 정말 열심히 노력해왔어. 이런 모습을 보면 마음이 상할 테고 이번엔 회복할 수 없을 거야."

"하지만 이모... 마지막으로 한 번만 부탁해요."

"네 아버지는 이미 딸 하나를 내게서 빼앗아 갔어. 또 다른 딸의 목숨을 버리게 할 순 없어. 몇 년 전에 시작된 법정 소송은 아직도 진행 중이야. 산치가 당신과 관계를 맺으면 정의에 대한 그녀의 의지가 약해질 것입니다. 당신이 정말로 그녀를 위한다면 평생 회개하십시오. 당신의 가족은 손에 피를 묻혔습니다. 먼저 가서 그들이 죄를 씻을 수 있도록 도와주세요. 이것이 제가 드릴 수 있는 유일한 조언입니다."

그렇게 말하며 보우믹 부인은 집 안으로 들어가 문을 닫았습니다. 아라브의 초췌한 얼굴은 오랫동안 마음속에 남아 있었지만, 그 어떤 것도, 그 누구도 가족을 흔들지 못하게 하겠다는 결심은 그 어느 때보다 강렬했습니다.

장: 삶은 계속됩니다

인생이 갑자기 초고속으로 움직이기 시작한다는 것은 재미있는 일입니다. 산치는 IIM에서의 생활이 힘들 것이라는 것은 알고 있었지만 이렇게 바쁘게 돌아갈 줄은 몰랐습니다. 하지만 산치는 모든 도전을 두 팔 벌려 받아들였습니다. 그녀의 삶은 빈틈이 없었습니다. 그녀의 삶에는 과거의 그림자조차 스며들지 못했습니다. 그녀는 파티나 무의미한 사교 활동을 멀리했습니다. 곧 그녀는 일 중독자라는 이미지를 갖게 되었습니다.

두 달 후, 그녀는 인도 전역에서 열리는 퀴즈 대회에 대학 대표로 선발되었습니다. 일정이 겹쳐서 팀은 밤에 연습하기로 결정했습니다. 산치는 일찍 도착했지만 아직 아무도 나타나지 않았습니다. 그녀는 라이마와 페이스 타임을 하기로 결정했습니다.

"안녕, 바쁜 꿀벌아. 아직 안 졸리니?"

"여기서는 잠이 사치예요. 지금 퀴즈 연습이 있는데 아직 아무도 안 왔어요. 프라틱은 어때요?"

"좋은 것 같아요. 다만 그가 좀 이상하게 행동해요. 뭔가 숨기는 게 있는 것 같아요."

"당신이 과민하게 반응하는 것일 뿐이에요. 프라틱은 정말 좋은 사람이에요."

"우리가 더 조심해야 하는 건 좋은 사람들이에요. 그들은 절대 눈에 띄지 않으니까요!"

"오 라이마! 넌 냄새도 나지 않는데도 비린내를 찾는 데 열중하잖아!"

"어떻게 그렇게 자신만만해? 넌 여기 있지도 않잖아."

산치는 이게 무슨 일인지 알았다. 프라틱은 정말 무언가를 숨기고 있었고, 산치에게 비밀을 맡긴 거였어요! 하지만 라이마에게 무언가를 숨기는 건 쉬운 일이 아니었죠.

"제가 그곳에 직접 있지는 않지만, 사소한 것 하나하나가 저에게 전달되는 것 같죠?"

"내 얘기는 그만해. 지금 화면을 쳐다보고 있는 초콜릿 소년은 누구죠?"

산치는 때마침 고개를 돌려 뒤에 서 있는 곱슬머리에 강아지 눈을 가진 소년을 마주했습니다.

"안녕하세요! 전 바룬이에요. 산치의 팀원이야."

"안녕, 바룬. 난 라이마예요. 산치 때문에 힘들었어?"

"아줌마, 우리 모두 얼음 공주가 무서워요."

"뭐? 그게 별명이야?"

"우리 모두 별명이 있죠."

"그리고 당신의 별명은... 맞춰볼게요....? 초콜릿 보이 같은 거겠지?"

"우리에겐 선택의 폭이 너무 좁죠." 바룬이 웃었다. "사실, 산치가 나에 대해 말했을지도 모른다고 생각했어. 그래서 제 소개를 했어요."

"더 이상 할 일이 없는 것처럼요." 산치가 단호한 얼굴로 말했다.

"왜 그런 별명을 얻었는지 알겠네." 라이마가 말했죠. "어서, 긴장을 풀고 새로운 친구를 사귀어요.

"도청기랑 친구가 될 필요는 없잖아요."

"이봐요, 이어폰을 쓰고 계시진 않으셨잖아요, 전하." 바룬은 어쩔 수 없이 대답했습니다.

"알았어요! 좋은 대화였어." 라이마는 전화로 달래려 했다. "바룬, 계속 해봐. 산치는 정말 부드러운 사람이야. 더 자주 만나길 기대할게요. 내가 없을 때 내 친구 잘 돌봐줘."

"그녀가 허락한다면요." 바룬이 웃으며 말했다. "라이마와 얘기해서 즐거웠어요."

산치는 전화를 끊기 전에 눈을 동그랗게 굴렸다.

"네 친구는 정말 다정하고 너와 대화할 때도 다정하더라. 그런데 왜 다른 사람들에게는 냉정하게 대하죠?" 바룬은 대화를 시작하려고 했습니다.

"글쎄요, 저도 친구들과 재미있게 지냈어요. 아무데도 도움이 되지 않죠. 저는 오로지 공부하고 경력을 쌓기 위해 여기 온 거예요."

"오, 진짜 드라마가 느껴지네요. 이런 반응을 보이시려면 뭔가 큰 일이 있었을 거예요."

"모든 것이 드라마틱한 것은 아닙니다. 때때로 현실은 가혹하죠."

"그렇긴 하지만..."

"내가 왜 너에게 설명해야 하는지 모르겠어. 그리고 그룹 메시지를 확인해보세요. 아무도 안 올 거야. 이만 헤어지자. 안녕히 가세요."

산치는 바룬이 대답하기도 전에 자리를 떴다. 그녀는 매우 조심스럽게 벽을 쌓아왔고 경계를 늦출 생각이 없었다.

다음 주에 그들은 축제를 위해 델리로 날아가야 했다. 그들의 대학은 산치의 이벤트에서 우승한 것을 포함해 많은 트로피를 획득했습니다. 마지막 날에는 모두가 파티를 즐길 기분이었습니다. 산치는 호텔 방에 계속 머물고 싶었지만 모두를 위해 전리품이 되지 않기로 결정했습니다. 라이마가 전화로 얼마나 많은 설득을 해야 했는지는 말할 것도 없습니다. 산치는 오늘 하루만큼은 라이마와 다투고 싶지 않았습니다.

3시간 후 산치는 펍 한쪽 구석에 앉아 조용히 마가리타를 홀짝이고 있었습니다.

"안전한 술이네요." 바룬이 이국적인 느낌의 음료를 손에 들고 와서 산치 맞은편에 앉았습니다.

"난 고전적인 걸 좋아해요."

"그래서 생각했지. 넌 청과물 가게에서 탄산음료만 마시는 줄 알았어."

"날 스토킹한 거야?"

"관찰하는 게 더 맞아요, 부인. 사실, 다들 놀고 있을 때 눈에 띄지 않으려고 애쓰는 당신이 오히려 눈에 띄었거든요."

"내가 말을 많이 할 기분이 아니라는 건 알고 있죠?"

"오늘은 그런 말 안 해도 돼요. 얼음 왕국의 첫 번째 장벽을 무너뜨렸으니 끝까지 가는 게 나을 것 같아서요."

"뻔뻔하네! 너...."

라이마의 영상 통화에 산치의 말이 끊겼습니다. 전화를 받기도 전에 그녀의 표정이 완전히 바뀌었다.

"산치! 산치! 산치!" 라이마가 소리쳤다.

"네, 왜 이렇게 오래 걸렸어요? 자세히 알고 싶어서 죽겠어요." 산치가 킥킥 웃었다.

"너희 둘이 날 속이다니 믿을 수가 없어."

"서프라이즈라고 하는 거야. 그리고 프라틱이 나한테 아무 말도 하지 말라고 엄청나게 부탁했어."

"그래, 서프라이즈였어..."

"안녕, 라이마! 바룬이 왔어." 바룬은 산치 바로 옆에 와서 머리를 프레임에 맞추려고 했다. 산치의 귀에서 이어폰을 꺼내 자신의 귀에 끼우면서 그의 곱슬머리가 산치의 귀를 가볍게 스쳤다. "얼음 공주의 얼굴에서 이런 표정을 본 적이 없어요. 그래서 더 궁금해졌어요. 그래서 도청 혐의로 고발당하기 전에 이 대화에 참여할 수 있도록 허락을 구하고 싶어요."

"어! 괜찮아요. 어쨌든 이 소식은 곧 공개될 거예요." 라이마가 대답했습니다. "그럼 다시 깜짝 놀랐던 부분으로 돌아와서. 프라틱이 오늘 쇼핑몰을 방문하자고 제안했어요. 쇼핑몰에 들어선 후 처음 5분 동안은 모든 것이 정상적으로 보였어요. 프라틱은 화장실을 가야 한다고 했어요. 에스컬레이터 근처에서 기다리고 있는데 아이들이 저에게 다가와 장미 한 송이씩을 건네기 시작했습니다. 무슨 일이 벌어지고 있는지 파악하려고 하는데 갑자기 낯선 사람들이 저를 향해 웃기 시작했어요. 플래시몹이었어요! 사람들은 브루노 마스의 '마리 유'에 맞춰 노래하고 춤을 추기 시작했어요. 정말 즉흥적이면서도 아름답게 조화를 이뤘어요. 심지어 진짜 쇼핑객들도 서서 경외심과 감탄으로 이 놀라운 광경을 바라보고 있었어요. 그리고 마침내 모든 것이 끝났다고 생각했을 때 프라틱이 웅장하게 등장해 아름다운 다이아몬드 반지를 들고 제 앞에 무릎을 꿇었습니다."

"그리고 나서요?" 산치와 바룬이 일제히 물었습니다.

"그리고는요? 내가 생각하기도 전에 군중들이 청혼을 외치기 시작했어요."

"그래서 승낙했어?"

"그렇지. 그런 멋진 제안을 받고 거절하면 가슴 아픈 사람으로 낙인찍히지 않을까요?"

"근데 뭐라고 하셨어요?"

라이마는 손을 들어 손가락 위에서 반짝이는 다이아몬드 반지를 보여주었다.

"아아아아아아" 산치와 바룬은 웃으며 서로를 마주했다. 이야기를 듣는 동안 두 사람의 얼굴이 얼마나 가까워졌는지 미처 깨닫지 못했습니다. 그들은 재빨리 서로의 시선을 떼어내고 라이마를 축하하기 시작했습니다.

"얘들아, 고맙지만 술이 떨어질 때까지 마셔야 해. 오늘은 행복한 날이니 나를 대신해 파티를 즐겨야 해."

"난......." 산치는 잠시 머뭇거렸다.

"잘 안 들려요. 알았다고 말해."

"그래, 오늘 밤 네 절친이 파티를 할 수 있게 해줄게." 바룬이 산치를 바 카운터 쪽으로 끌어당기며 말했다. "테킬라 샷 두 잔 주세요"

두 차례의 샷을 날린 후 라이마는 마침내 전화를 끊었다. 산치는 마음이 가벼워졌다. 그녀의 가장 친한 친구가 드디어 결혼을 했으니까요. 잠시 동안 그녀는 모든 억압을 내려놓고 이 소식을 축하하고 싶었습니다. 인생은 그녀에게 행복할 기회를 자주 주지 않았습니다. 가끔은 힘든 일을 잊어버려도 괜찮을지도 모릅니다.

산치는 댄스 플로어를 향해 걸어갔고 마침내 몸을 풀었다. 리듬은 전염성이 있었고 그녀는 머리를 풀어헤칠 준비가 되어 있었습니다. 산치는 그 후 얼마나 오래 춤을 췄는지, 몇 번이나 춤을 췄는지 기억하지 못했습니다.

다음날 아침 그녀는 숙취로 깨어났습니다. 공항에 도착한 그녀는 반 친구들의 태도에 변화를 느꼈습니다. 많은 사람들이 그녀에게 다가와 인사를 건넸습니다.

"좋은 아침입니다. 모닝커피 가져왔습니다." 바룬이 라떼 한 잔을 들고 그녀에게 다가와 말했습니다.

산치는 그의 웃는 얼굴이 너무 반가웠습니다. "바룬, 내가 어젯밤에 정확히 뭘 했죠?"

"댄스 플로어에 불을 지른 것 빼고요?"

"진짜로, 내가 뭘 했다고? 왜 갑자기 다들 나한테 잘해주는 거야?"

"당신이 테이블에 서서 공개적으로 청혼하고 나한테 남자친구가 되어달라고 했잖아"

"말도 안 돼! 내가 청혼한 것도 잊어버려!" 산치가 화난 걸음으로 자리를 박차고 나가며 말했다.

"산치, 기다려! 정말 나한테 안 빠질 거라고 그렇게 확신해?" 바룬이 산치를 따라잡으려고 했다.

"꿈속에서도 안 돼!" 먼 산치의 대답이 돌아왔습니다.

나중에 비행기에서 바룬은 산치의 기억을 되살리기 위해 어젯밤 영상을 보여줬습니다. 그녀는 아무도 보지 않는 것처럼 춤을 췄던 것 같았습니다. 그리고 그녀가 테이블 위로 뛰어오른 것은 프로포즈가 아니라 영화 장면 몇 개를 연출하기 위해서였습니다. 이 동영상은 "얼음공주가 드디어 해동하다"라는 캡션과 함께 메인 왓츠앱 그룹에 게시되었고, 산치의 공연에 대한 찬사가 이어졌습니다.

산치의 뺨은 자신이 한 일을 깨닫는 순간 붉게 달아올랐습니다.

"아, 얼굴이 빨개졌네." 바룬이 놀려댔습니다. "참고로 인스타그램에서 라이마를 찾아서 이 영상 두어 개를 보냈어요. 정말 자랑스러워하더라고요."

"잘됐네요! 이제 제가 아는 모든 사람에게 이 영상이 전달될 거예요." 산치가 웃으며 말했습니다.

"그들의 얼굴에 미소가 번질 것을 상상해 보세요."

바룬의 말에 산치는 잠시 멈춰 생각에 잠겼습니다. 그의 말이 맞았다. 모두가 산치를 걱정하고 있었고, 특히 산치의 고군분투를 가장 많이 지켜본 부모님은 더욱 걱정하고 있었습니다. 그녀는 화상 통화에서 미소를 지었지만, 부모님이 자신을 꿰뚫어 볼 수 있다는 것을 알고 있었습니다. 하지만 이 모습은 아무리 부끄럽더라도 진심이었습니다. 그리고 그녀의 부모님을 진정으로 미소 짓게 만들었습니다.

"산치! 내가 너무 몰아붙였어?" 산치의 갑작스러운 침묵에 바룬이 걱정스러워 물었다.

"사실 그 반대예요. 고마워요, 바룬." 산치가 안대를 제자리에 놓고 기내에서 낮잠을 잘 준비를 하며 말했다. 이번에는 산치가 웃는 얼굴로 잠을 잘 수 있었습니다.

그들이 돌아온 후 IIM 의 생활은 다시 바쁘게 돌아갔습니다. 정규 수업과 동아리 활동 외에도 그룹 발표와 사례 연구로 인해 다른 것을 할 시간이 거의 없었습니다.

하지만 산치는 바룬에게서 새로운 활력을 찾았습니다. 그는 항상 주변 사람들을 편안하고 행복하게 만들기 위해 노력하는 유쾌한 사람이었습니다. 곧 그는 엄청난 팬을 확보하게 되었습니다. 하지만 그는 대부분의 시간을 산치와 함께 보내는 것을 선호했습니다. 누군가는 두 사람을 캠퍼스 커플로 착각할 수도 있지만 바룬은 경계를 넘나들지 않았습니다.

어느 주말 라이마는 산치를 방문해 바룬도 만났습니다.

"두 분이 굉장히 바쁘신 거 알아요. 그래서 좋은 시간을 보내려고 여기까지 왔어요."

"드디어 라이마 선생님을 직접 뵙게 되었네요. 영광입니다." 바룬이 미소를 지었습니다.

"내 자리를 뺏어간 놈이 하는 말이군." 라이마가 놀리듯 말했다. "나를 대신해서 산치를 돌보라고 했지, 나를 대체하라고는 안 했잖아."

"아무도 당신을 대신할 수 없어요." 산치는 라이마를 곰인형으로 안아주었다. "근데 얼굴은 왜 그래? 스트레스를 많이 받은 것 같은데."

"아! 시작도 하지 마세요. 이 결혼식 준비 때문에 너무 힘들어요. 양가 가족들이 모두 참여해서 성대하게 치르겠다고 난리예요." 라이마가 한탄했습니다.

"당신과 프라틱은 둘 다 외동딸이에요. 부모님이 소란을 피우는 것은 당연합니다. 솔직히 네가 그만큼 소중하기 때문에 평소보다 더 많은 사랑을 쏟아 붓는 거야." 산치가 위로했다.

"네 말이 맞다는 건 알지만 너무 과한 것 같아. 사소한 것 하나하나까지 계획하고 모든 것에 우리 의견을 묻고 싶어해요. 그런 결혼 계획 쇼는 보기만 해도 재미있어요. 하지만 실제로 그런 일이 벌어지면 악몽이죠."

"그 외에 신경 쓰이는 일은 없나요?" 산치가 물었습니다.

라이마는 한동안 조용히 앉아 있었습니다. "가끔은 우리만의 문제가 아니라는 생각이 들어요. 프라틱의 가족은 자신들의 부를 과시하기 위해 이 결혼식을 인도식 결혼식으로 바꾸려 하고 있어요. 프라틱이 결국 아버지의 사업을 물려받을 거라는 건 알지만 적어도 결혼식은 따로 치를 수 있었을 거예요. 그들은 이 결혼식을 그들의 새로운 사업을 과시하고 거래를 성사시키기 위한 발판으로 삼으려는 것 같습니다. 하객 명단을 보셔야 해요.

말도 안 돼요! 제가 신문에서 읽으며 자란 사람들의 절반이 참석할 거예요! 결혼식을 가장한 네트워킹 행사에 가깝죠!"

"이 모든 것에 대해 프라틱은 어떻게 생각하나요? 그와 얘기해 보셨나요?"

"프라틱은 요즘 매우 바빠요. 결혼 후 원활하게 사업을 이어받을 수 있도록 대부분의 시간을 아버지와 함께 보내며 사업 전반을 배우고 있죠. 요즘은 대화는커녕 거의 만나지도 못합니다."

"프라틱과 통화해 볼까요?" 산치가 물었다.

"오, 제발 안 돼요. 그는 지금도 충분히 스트레스를 받고 있어요. 그의 인생에 두 가지 큰 변화가 동시에 일어나고 있어요. 그가 더 이상 스트레스를 받지 않았으면 좋겠어요. 상황이 조금 진정되면 직접 만나서 이야기할 기회를 기다리겠습니다."

"오호! 결혼도 하기 전에 벌써 아내 노릇을 하네." 산치가 놀려댔습니다. "너희는 이 결혼을 흔들 거야."

"결혼이 너희들을 흔들지 않도록 조심해." 바룬이 덧붙였다. 두 소녀는 그를 노려보았고, 그는 "농담이에요"라고 덧붙일 수밖에 없었습니다.

"어쨌든 결혼식에 꼭 와야 해요." 라이마는 "이제 두 달밖에 안 남았어요." 라고 말했습니다.

나중에 산치가 음식 배달을 받으러 나갔을 때 라이마와 바룬은 잠시 대화를 나눴습니다.

"바룬, 산치에게 언제 말할 거야?"

"뭘 말해요?"

"네가 산치를 좋아한다고. 너무 뻔하잖아."

"말했어."

"뭐! 언제?"

"그녀를 보자마자 사랑에 빠졌다고 말했어. 그리고 *그녀가 내게 키스했어.*"

장: 벚꽃

바룬은 이 사실을 말할지 말지 고민하며 잠시 멈칫했습니다. 아무에게도 이 사실을 말하지 않았지만 두 소녀가 얼마나 가까운 사이인지 확인한 그는 결국 말하기로 결심했습니다. 결국 그도 대답이 필요했으니까요.

"당신이 결혼 소식을 전한 그날 밤, 산치는 정말 행복해했어요. 황홀했죠! 친언니의 결혼 소식이었으니까요. 그녀는 밤새도록 춤을 췄고 저는 그 과정에서 그녀가 다치지 않도록 곁에서 지켜봤어요. 모두가 너무 취했거나 너무 피곤한 마지막에 산치가 와서 제 어깨에 머리를 얹었어요. 그녀는 무언가를 중얼거렸지만 무슨 말인지 알아들을 수 없었습니다. 잠시 후 저는 기회를 잡기로 결정했습니다. 나는 그녀가 화를 내거나 완전히 웃어 넘길 것이라고 생각했다. 상황을 고려할 때 후자가 실현될 확률이 더 높았습니다. 하지만 마침내 용기를 내어 그녀에 대한 제 마음을 고백했을 때, 그녀는 아무 말도 하지 않았습니다.

산치는 깊은 눈빛으로 나를 바라보았다. 잠시 동안 그들은 길을 잃은 듯했다. 그런 다음 그녀는 입술이 닿을 때까지 나를 더 가까이 끌어당겼습니다. 그리고는…… 그리고는 아주 오랫동안 저에게 키스하기를 갈망하는 것처럼 저에게 키스했어요."

이 순간 라이마는 놀라움에 숨을 헐떡였습니다. "세상에! 이제 사귀는 거예요?"

바룬은 슬픈 웃음을 터뜨렸다. "라이마, 잠시나마 내 인생 최고의 밤이었다고 생각했어. 하지만 산치가 자리를 떴을 때 아라브에게 속삭였어, 네가 너무 보고 싶었다고."

라이마는 아무 말도 하지 않았지만 충격에 휩싸인 얼굴 표정이 모든 것을 말해주고 있었습니다.

바룬은 잠시 멈춘 후 말을 이어갔다. "상처받거나 불쾌하지 않았다고 거짓말하지 않겠지만 라이마는 흐느껴 울기 시작했어요. 저를 안고 펑펑 울더군요. 그 순간 저는 그녀에게 친구가 가장 필요하다는 것을 깨닫고 곁에 있어 주기로 결심했습니다."

"그녀가 이 일을 기억하나요? 그녀는 보통 술에 많이 취하면 기절하거든요."

"맞아요. 산치는 이 일을 전혀 기억하지 못했고 저도 상기시켜준 적이 없어요. 그 후로 저는 묵묵히 그녀 곁을 지켰어요."

"그녀가 아라브에 대해 언급한 적이 있나요?"

"그날 밤 이후로 한 번도요. 산치는 정말 강한 사람이에요. 그녀는 마음속에 많은 고통을 숨기고 있다는 것을 보여주지 않아요. 아라브와 어떤 사연이 있는지는 모르겠지만 어떻게 누군가 그녀에게 그런 상처를 줄 수 있는지 상상도 안 돼요. 라이마, 그들의 이야기를 들려줄래요?"

"바룬, 미안하지만 그 이야기는 내가 할 말이 아니야. 산치도 언젠가는 이 얘기를 할 거예요. 사실, 당신이 그녀에 대해 모르는 것이 많아요. 시간을 좀 주세요."

"그녀는 필요한 시간을 충분히 가질 수 있어요. 저를 위해서 하는 말이 아니에요. 하지만 그녀가 마음을 빨리 열수록 제가 그녀의 고통과 아픔을 더 빨리 씻어낼 수 있을 거예요."

"당신은 이미 곁에 있는 것만으로도 그녀를 돕고 있습니다. 당신이 곁에 있으면 그녀가 경계심을 갖지 않는 게 느껴져요. 그녀는 이미 당신을 신뢰하고 있어요."

두 사람의 대화는 산치가 돌아오면서 중단되었습니다. "이봐요, 분위기가 왜 이상해요? 무슨 얘기 중이었어요?"

"바룬이 네가 얼마나 못되게 구는지 험담하고 있었어." 라이마가 웃었다.

"진심이야?" 산치가 혀를 찼다. "다 지나간 일인 줄 알았는데."

"바룬은 어깨를 으쓱하며 말했다. "어떤 상처는 누군가에게 털어놓지 않으면 치유되는 데 시간이 오래 걸리기도 해."

"확실히 넌 주먹을 충분히 맞지 않았어." 산치가 냉정하게 말했다.

"한번 해봐." 바룬이 팔을 뻗으며 말했다.

라이마는 이쪽에서 저쪽을 바라보았다. "바룬, 산치의 발차기와 주먹을 막고 싶지 않을 거야.

그녀는 사람을 때리는 데 꽤 능숙하거든. 말도 안 되는 소리 그만해. 난 여기 쉬러 왔어 날 정말 행복하게 해줄 뭔가를 보여줘요."

"내일부터 시작되는 벚꽃 축제에 딱 맞춰 오셨네요. 정말 아름다울 거라고 약속할게요." 바룬이 말했다.

다음 날 세 사람은 유명한 시롱의 벚꽃 축제를 체험하러 갔습니다. 아름답다는 표현은 과장이었습니다. 아름다운 꽃들이 만개해 있었고, 맑고 푸른 하늘과 어우러진 분홍색과 파스텔 톤의 꽃들은 마치 예술가의 꿈처럼 보였습니다. 몽환적인 분위기가 충분하지 않다는 듯, 축제장 안은 라이브 음악으로 가득 찼습니다. 곳곳에서 이벤트와 대회가 열렸습니다. 댄스 경연 대회부터 미인 선발 대회까지 다채롭고 활기찬 분위기가 가득했습니다. 거리에는 지역 특산품, 예술품, 공예품을 파는 부스가 줄지어 있었습니다.

"라이마, 기분이 어때요?" 바룬이 물었습니다.

"실생활에서 본 적 없는 풍경이에요. 한국과 일본의 드라마나 영화에서만 벚꽃을 봤었는데, 지금 보고 있는 벚꽃은 그 모든 것을 뛰어넘어요. 인도에 이렇게 멋진 히말라야 벚꽃이 있을 줄 누가 알았겠어요!"

"맞아요." 산치가 말했다. "마치 영화 세트장에 온 것 같아요."

"그럼 뭐부터 하고 싶어요?" 바룬이 물었습니다.

"사진 많이 찍어요!" 소녀들이 한목소리로 말했다.

"그렇다면 더 좋은 생각이 있어요." 바룬은 소녀들을 젊은 예술가들이 마음껏 그림을 그리고 있는 열린 공간으로 안내했습니다.

"분홍색과 보라색 꽃을 표현한 것을 보니 정말 멋져요." 산치는 심호흡을 하며 눈에 보이는 모든 것을 최대한 많이 담으려고 노력했습니다.

"이리 오세요." 바룬이 라이브 초상화를 그리는 예술가를 가리키며 말했다.

"어서요! 두 분 정말 잘 어울리세요. 프레임 안에 들어가시면 마법 같은 초상화를 찍으실 수 있습니다." 바룬이 자리를 뜨려는 순간 화가가 말했습니다.

"음.." 바룬은 산치를 바라보며 승낙했다.

"별거 아니야." 라이마가 "그냥 새로 사귄 친구를 기억하기 위한 것이라고 생각해." 라고 말했습니다.

"알았어." 산치가 말했다. "단체 사진 찍자. 라이마도 같이 찍자."

"안 돼, 얘들아. 나는 미래의 남편에게 줄 지글 지글한 초상화를 찍을거야. 너희들은 계속해." 라이마는 그렇게 말하며 다른 작가를 찾아 나섰습니다.

라이브 초상화를 완성하는 것은 쉬운 일이 아니었습니다. 두 사람은 오랜 시간 동안 같은 자세로 같은 표정을 지으며 앉아 있어야 했죠. 하지만 결과는 그만한 가치가 있었습니다.

"정말 멋져요!" 산치가 말했습니다. "너무 섬세해요! 정말 고마워요." 그녀는 젊은 예술가에게 감사를 표하며 앞으로의 노력에 행운이 함께하길 기원했습니다.

"그럼 최소한 디지털 버전이라도 갖게 해주세요." 바룬은 즉시 초상화 사진을 클릭했습니다. "이제 라이마를 찾으러 가자."

그녀의 말대로 라이마는 초상화를 위해 포즈를 취하는 디바처럼 보였습니다. 거의 다 완성되었고 정말 멋져 보였습니다. 라이마는 작품을 감상하는 친구들을 보며 윙크를 보냈습니다.

"나 너무 배고파. 뭐라도 먹으러 가자." 산치가 제안했습니다.

세 친구는 포장마차를 마음껏 둘러보았습니다. 현지 음식과 함께 정통 한국 음식도 맛보았습니다.

바룬은 "케이팝과 케이드라마에 매료된 건 이해가 안 가지만 음식이 정말 맛있다는 건 인정해야겠어요!"라고 말했습니다.

라이마는 "그건 아직 제대로 된 한국 드라마를 보지 못했기 때문이죠."라고 항변했습니다. "한번 시작하면 푹 빠질 거라고 장담해요."

산치도 동의하며 고개를 끄덕였다. "저도 회의적이었지만 한국과 인도는 독립기념일이 같다는 것 말고도 공통점이 많아요. 탐험해 보면 알게 될 겁니다."

"알겠습니다. 한 번 시도해 보겠지만 오늘은 다음 목적지에 집중합시다. 좋은 생각 있어요?" 바룬이 물었다.

"저기, 와인과 맥주 만들기 대회가 열린 카운터를 지나치지 않았나요? 사람들의 투표로 결정된 것 같아요." 라이마가 웃었다.

"그럼 가서 알아보자." 산치가 말했다. "오늘이 독신 파티라고 생각하세요." "놓칠 수도 있으니까요."

그들은 무제한으로 와인을 시음했습니다. 결국 그들은 약간 취했습니다.

"와! 이 사람들은 상상할 수 있는 모든 과일로 와인을 만들 수 있네요...... 배, 딸기, 바나나, 복숭아, 자두...... 제가 뭐 빠뜨린 거라도 있나요?" 라이마가 큰 소리로 물었습니다.

바룬은 "현지 메갈라야 와인 제조에 대해 읽긴 했지만 한 지붕 아래에서 모든 와인을 맛보게 될 줄은 몰랐어요."라고 덧붙였습니다.

"인생에는 아직 탐험하지 못한 것이 너무 많아요. 우리에게 기회가 올지 누가 알겠어요?" 산치가 궁금해했습니다.

"우리는 그 기회를 만들어낼 겁니다. 제 인생에서 절대 후회하고 싶지 않은 것이 있다면 시도하지 않은 것이에요." 지금쯤이면 꽤 흥분한 듯 보였던 바룬이 말했습니다. 그의 에너지는 전염성이 있었습니다.

"그래, 우리는 기회를 만들 거야." 산치가 외쳤습니다.

라이마는 "이제 그만 싸우자!"라고 덧붙였습니다. "우리만의 별을 향한 계단을 만들자고요."

긍정으로 가득 찬 세 사람은 다음 행선지로 음악 축제를 찾아갔습니다. 공연이 시작될 시간이 되자 이미 많은 관중이 모여들었습니다. 현지 아티스트는 물론 해외 아티스트들로 구성된 인상적인 라인업이 곳곳에서 팬들을 끌어모았습니다. 콘서트가 시작되자 팬들은 다시 한 번 다른 세계로 이동했습니다. 가사를 이해하든 못하든 상관없을 정도로 음악이 귀에 쏙쏙 들어왔습니다.

그들은 휴대폰 불빛을 켜고 물결치는 음악에 동참했습니다.

특히 영혼을 울리는 연주가 끝나자 라이마는 울음을 터뜨렸습니다. "무슨 말인지 한 마디도 알아들을 수 없었지만 마치 내 영혼이 듣고 있는 것 같았어요."

"라빈드라나트 타고르는 음악이 두 영혼 사이의 무한을 채워준다고 말했습니다." 산치는 절친한 친구를 위로하려고 노력했습니다.

"이 멋진 경험을 하게 해줘서 고마워요. 제게 가장 소중한 추억 중 하나가 될 거예요."

"바룬은 미소를 지었다. "이제 돌아가야겠어요."

"돌아가기 전에 마지막으로 한 잔 더 하자." 산치가 간청했다. "아직 끝나고 싶지 않아요."

세 친구는 조용히 걸었다. 자정을 훨씬 넘긴 시각이었고 달은 평소보다 더 밝게 보였다. 그들은 여전히 희미하게 들리는 음악을 들을 수 있었습니다. 콘서트는 아직 끝나지 않았습니다.

그들은 각자 자신의 생각에 잠겨 있었습니다. 공기는 은은한 벚꽃 냄새로 가득 찼습니다. 산치는 이런 아름다운 광경을 볼 수 있다는 것에 감사했습니다.

"떨어지는 벚꽃잎을 잡으면 소원이 이루어진다는 말이 있죠." 바룬이 마침내 침묵을 깼습니다.

"지금은 온전한 것 같아요." 라이마가 말했다.

두 사람은 계속 걷다가 산치가 갑자기 걸음을 멈추고 하늘을 향해 손을 뻗었다. 섬세한 꽃잎 하나가 천천히 떨어져 그녀의 손바닥에 떨어졌다. "빙고." 그녀는 외치고는 즉시 바룬을 향해 몸을 돌렸다. "여기, 소원을 빌어요."

"하지만 소원을 들어줄 사람은 너야."

"내가 못되게 굴어도 도망가지 않아서 고맙다고만 해두자." 바룬이 말했다.

"그렇다면 제 소원을 들어주실래요?"

"내가 누구요? 내가 무슨 힘으로 소원을 들어주는데?"

"오직 너만이 내가 지금부터 부탁하는 것을 들어줄 수 있어."

"이제 무서워 죽겠네. 끔찍한 부탁은 하지 마, 바룬."

바룬은 아직 손을 뻗고 있는 산치에게 천천히 다가갔다. 산치에게 가까이 다가가 귓가에 속삭였다. "걱정하지 마. 내가 아는 가장 멋진 사람의 완벽한 하루를 망치지 않을 테니까요." 그는 눈을 떼지 않고 꽃잎을 조심스럽게 집어 들었습니다. "오늘 밤을 위해 간직하고 내일 아침에 소원을 빌어야겠어요."

산치는 재빨리 눈을 떼고 바룬의 근처에서 몸을 꿈틀거렸다. "글쎄...... 내 힘으로 할 수 있다면 해볼 수 있겠지." 그녀가 중얼거렸다.

"난 그 정도면 충분해." 바룬이 대답했다.

"드디어 한 놈 잡았어!" 멀리서 라이마가 외쳤다. 그녀는 떨어지는 꽃잎을 찾기 위해 앞으로 나아갔다.

"금방 갈게요." 라이마가 그녀를 따라잡기 위해 빠르게 걸으며 말했다.

그날 밤, 라이마는 산치에게 바룬에 대한 자신의 감정을 캐물었다. "바룬이 당신을 사랑하는 게 너무 뻔하잖아요."

"라이마, 사랑은 고통스러운 거야. 그리고 내 마음은 가득 차 있어. 난 그런 일을 다시 겪을 용기와 능력이 없어." 그녀는 옛 기억을 밀어내려는 듯 잠시 멈칫했다. "그리고 바룬에 관한 한, 그는 매우 다정하고 신뢰할 수 있는 사람입니다. 가끔 분위기를 띄우기 위해 약간의 장난을 치기도 하지만 제가 불편해할 만한 경계를 넘은 적은 없어요."

"라이마는 한숨을 쉬었다. "첫사랑은 거의 항상 고통스러워요. 하지만 모든 사람을 차단한다고 해서 더 빨리 치유되진 않아. 네가 이 사실을 빨리 깨닫길 바랄 뿐이야."

다음 날 아침 라이마는 친구들에게 작별인사를 하며 다시 한 번 결혼식에 초대했습니다. 그녀가 떠난 후 산치와 바룬은 아침 식사를 하러 나갔다.

돌아오는 길에 바룬은 마침내 산치가 피하려던 주제를 꺼냈습니다. "이제 제 소원을 들어주실 때가 됐어요."

"그래, 그거 말이야. 좋은 생각이 아닌 것 같아. 민담을 너무 진지하게 받아들이는 것 같아. 네가 이미 가지고 있는 것 말고는 내가 줄 수 있는 게 없어." 산치가 신경질적으로 웃었다.

바룬은 산치의 어깨에 손을 얹고 부드럽고 분명하게 말했다.

"산치, 아라브가 누구지? 자세한 이야기를 듣고 싶어요."

장: 심문

산치가 그토록 조심스럽게 쌓아올린 장벽이 무너지는 것 같았습니다. 산치는 조심스럽게 상자에 담아 마음 한구석에 가둬두었던 모든 것을 다시 꺼내야 할 날이 올 거라는 걸 알았다. 바룬은 단호했지만 결코 그녀를 강요하지 않을 거라는 것도 알고 있었습니다. 하지만 이제 그녀는 과거로부터 도망치는 것을 멈출 때가 되었습니다. 과거를 마주하는 것만이 앞으로 나아갈 수 있는 유일한 길이었습니다. 그렇지 않으면 그녀는 진정한 감정을 드러내지 못하는 빈 껍데기에 불과할 테니까요.

바룬은 산치를 유심히 바라보며 인내심을 갖고 대답을 기다렸습니다. "내가 너에게 요구하는 것이 쉬운 일이 아니라는 것을 안다. 하지만 산치, 마음을 내려놓으려면 소리 내어 말해야 해. 그리고 난 당신이 마음을 열 수 있는 사람이 되고 싶어요."

한참을 망설이던 산치가 마침내 말을 꺼냈습니다. "제 이야기는 저만의 이야기가 아닙니다. 여러분이 상상하는 것보다 더 많은 가족을 파괴한 사건과 관련이 있습니다. 제 가족은 우연히 잘못된 시간에 잘못된 장소에 있었을 뿐입니다. 그리고 마침내 과거의 그림자에서 벗어나자마자 그들은 그 어느 때보다 더 강하게 저를 붙잡았습니다. 마치 운명이 한 사람에게 두 번이나 잔인한 장난을 치기 위해 기다리고 있는 것 같았어요."

산치는 언니의 죽음에 대한 자책과 끔찍한 병원 화재 이후 가족의 역학관계가 어떻게 변했는지에 대해 처음부터 이야기하기 시작했습니다. 그런 다음 그녀는 아라브에 대해 이야기했습니다. 이때 산치는 여러 번 울음을 터뜨렸습니다.

"그만하고 싶으면 그만해도 돼요." 바룬이 위로했습니다.

"이번엔 안 돼요. 오늘은 내가 시작한 일을 끝내야 해. 그렇지 않으면 내 고통을 말로 표현할 수 없을 거야."

"알았어. 계속해. 하지만 언제든 멈출 수 있다는 것만 알아두세요."

산치는 아라브가 자신을 어떻게 도와주었는지, 행복했던 시절과 배신에 대해 이야기했다.

바룬은 산치의 등을 부드럽게 두드렸다. 그는 산치가 편안해질 때까지 기다렸다가 마침내 말을 꺼냈다. "산치, 난 아라브를 만난 적이 없어. 설사 만나게 되더라도 네가 먼저 내 친구가 될 거야. 하지만 네가 말한 걸 들으니 아라브도 너만큼이나 상황의 희생양인 것 같아."

"하지만 나한테 말했어야지."

"그래, 너한테 숨긴 건 잘못이야. 하지만 아마도 이 모든 사건이 당신만큼이나 그에게도 충격적이었을 거예요. 시간이 더 필요했을지도 몰라요."

"그는 우리 가족이 얼마나 비참한지 보셨어요. 제가 얼마나 비참했는지요! 얼마나 더 시간이 필요했을까요?"

"그 후 그와 연락을 했나요?"

"아니요. 저도 연락하지 않았고 그도 연락하지 않았어요."

"이상하네."

"아마도 그는 자신의 가족을 보호하기로 결정했을 겁니다. 결국 나는 그의 아버지와 맞섰으니까요."

"두 분이 직접 만나서 해결할 수만 있다면..."

"더 이상 해결할 건 없어. 진실은 이미 밝혀졌어."

"당신이 떠난다는 걸 알면서도 연락을 시도하지 않았다고요? 그의 친구 프라틱이 소식을 전했을 거예요."

"아니요, 연락을 시도하지 않았어요. "

"우와! 진짜 멍청하네!"

산치는 침묵을 지켰다. 산치는 아라브와의 연락을 끊으려고 했지만, 누군가 아라브를 험담하면 여전히 마음이 아팠다.

"아직도 그를 사랑하지?"

다시, 침묵.

"마음과 정신에서 그를 떠나보내고 싶니?"

"네."

"그 정도면 충분해요. 내가 도와줄까?"

산치는 멍하니 말을 이었다.

"내가 그를 잊게 해줄까?"

다시 침묵이 흘렀다.

"당신이 무슨 생각하는지 알아요. 내가 울컥할 만한 말을 하고 널 내 여자친구로 만들려고 할 거라고. 걱정하지 마세요. 그럴 수 있다는 건 알지만 그렇게 낮게 굴지는 않을 테니까." 바룬이 윙크했다.

"그럼 어떻게...?"

"이제야 제대로 된 질문을 했구나. 대답이 궁금하지?"

"네."

"얼마나 궁금해?"

"심문은 그만해, 바룬!" 산치가 소리쳤다. "이제 무슨 뜻인지 말해봐요."

"드디어 단음절 사용을 그만두셨군요. 다행이다!"

산치가 미소를 지었다. 바룬은 진지한 대화를 가볍게 만드는 능력이 있었다.

"나의 제자가 되어 스승의 가르침을 지극한 믿음으로 따르겠다고 서약하겠나?"

"스승님의 가르침에 많은 질문을 던지며 따를 것을 맹세합니다, 구루지."

"한숨! 요즘 아이들은 너무 건방져졌어요! 하지만 난 네 질문 정신이 마음에 든단다, 얘야. 좋아, 내 밑에서 키우도록 하지."

"감사합니다, 선생님. 이제 제 첫 번째 임무가 뭐죠?"

"가서 스승님께 레모네이드 좀 가져다드려. 목이 마르시거든."

"구루지, 이 육체적 욕구를 극복하고 일어나야 한다."

산치는 이 우스꽝스러운 농담을 즐기기 시작했습니다. 그것은 그녀가 더 편안하고 자신감 있게 느끼는 데 도움이 되었습니다.

"아라브와 함께하면서 가장 좋았던 점은 무엇인가요? 좋은 점을 다섯 가지 이상 나열해 보세요."

이 질문에 산치는 갑자기 생각이 떠올랐습니다. "어... 전부요. 꽤 길게 말할 수 있어요."

"그럼 마음속으로 생각해 보세요. 불편하다면 소리 내어 말할 필요는 없어요. 2분 드릴게요."

산치의 머릿속에는 좋은 기억들이 한꺼번에 쏟아져 나왔다. 산치는 잠시 동안 아라브와 함께 있는 것처럼 느껴졌습니다.

"기분이 어때요?"

"행복하고 감사해요. 아라브 덕분에 제 삶에 자신감이 생겼어요. 어떤 일이 닥쳐도 최선을 다해 사는 법을 알려주었으니까요."

"잘됐네요. 이제 아라브와 함께 있을 때 가장 나쁜 점이 무엇인지 생각해 보세요."

산치의 눈앞에 언니의 추모식이 있던 날이 주마등처럼 스쳐 지나갔습니다. 그녀는 한 대 맞은 것처럼 움찔했다.

"기분이 어때요?"

"배신당했어요. 그는 내 신뢰를 깨뜨렸어요. 그의 가족은 제 가족에게 돌이킬 수 없는 상처를 입혔어요."

"그가 일부러 당신의 감정을 가지고 놀았다고 생각하세요?"

"아니요. 하지만 그는 우리 삶을 영원히 바꾼 가장 중요한 요소를 숨겼어요."

"그의 존재가 당신의 삶에 긍정적인 영향을 미쳤다고 생각하나요, 아니면 부정적인 영향을 미쳤다고 생각하나요?"

"완벽한 답은 없어요...... 제 가족과 제 정신이 황폐해진 데에는 그의 가족 역할이 있었음을 부인할 수 없어요....... 하지만 그는 저를 거기서 끌어낸 사람이에요...... 일이 복잡해졌을 때 저를 떠났을 뿐이죠."

"그가 진정으로 회개한다면 그를 용서할 수 있나요?"

"사실 이 시나리오에 대해 여러 번 생각해 봤는데...... 우리가 만나서 그럴듯한 이유를 대고...... 그가 내게 숨긴 사실을 털어놓고...... 하지만 내가 용서하고 잊을 힘이 있는지 모르겠어."

"만약 용서한다면 그 이후에는 어떻게 되나요?"

"그런 시나리오가 언제, 어떻게 일어날지도 모르겠어요. 그 이후로는 말도 안 했으니까요..."

"당신이 그를 용서한다고 상상해봐요. 그와 다시 만날 가능성은 없나요?"

"그의 존재 자체가 슈루티의 죽음을 떠올리게 할 거예요...... 그리고 어머니는 그가 곁에 있으면 겁에 질릴 거예요...... 무엇보다도 제가 그와 함께 있으면 아버지의 정의구현 의지가 약해질 거예요."

"그럼 아라브와 절대 함께할 수 없다고 확신하는 거군요, 그렇죠?"

산치는 조만간 이 사실을 받아들여야 한다는 것을 알고 있었다. 하지만 그녀는 모든 것을 잠그고 열쇠를 버렸다. 바룬의 논리적인 대화로 금고의 열쇠가 열렸고, 그 답은 바로 산치의 얼굴을 똑바로 응시하고 있었습니다. 너무 명백해서 더 이상 부인할 필요가 없었습니다. 감정에 압도된 산치는 흐느껴 울기 시작했습니다. 그녀는 아주 오랫동안 흐느꼈다. 이별이 현실이고 돌이킬 수 없다는 사실을 스스로 인정한 것은 이번이 처음이었습니다.

정신을 차리고 정신을 차려보니 바룬이 자신이 가장 좋아하는 차가운 음료수 한 병을 들고 서 있었습니다. "그거 언제...구했어?" 딸꾹질 사이사이에 그녀가 물었다.

"쉿! 심호흡해. 여기요." 그가 병을 건네주며 말했다.

산치는 몇 모금 마시고 몇 분이 더 지나자 완전히 평정심을 되찾았습니다.

"고마워요."

"아이야, 아직 갈 길이 멀구나."

"넌 절대 진지해지지 않지?" 산치가 희미한 미소를 지으며 말했다.

"그 미소가 더 밝아질 때까지는요." 아라브가 윙크했다.

"하루면 충분하지 않나요?"

"사실, 몇 가지만 더 물어보고 보내드릴게요." 아라브가 말했다.

"그리고 심문실의 불은 아직 켜져 있어요!"

"어려운 질문은 이미 다 했으니 걱정하지 마세요. 이건 쉬울 거예요, 약속해요."

"그럼 쏴. 총을 쏴라."

"사실 여기까지 온 걸 축하하고 싶어요. 무슨 일이 있어도 넌 너 자신과 네 꿈을 포기하지 않았어. 아라브가 네 잠재력을 지적했을지 모르지만 이제 너도 그걸 보고 인정한 거야. 그리고 모든 것을 스스로 해결했죠. 정말 용감한 일이에요."

"고마워요. 저에게 큰 의미가 있어요."

"매번 고맙다고 말하지 마세요. 난 그냥 사실을 말하는 거야."

산치의 미소가 더 밝아졌다. 그녀는 대화가 끝난 후 기분이 나아졌습니다.

"산치, 아라브와 헤어진 후 자원봉사를 하던 NGO를 방문했나요?"

"음, 아니요. 그곳은 아라브가 너무 생각나서... 돌아갈 수가 없었어요..."

"그럼 무술 수업도 마찬가지였겠군요?"

"네... 저를 소개해준 사람이에요... 그래서..."

"산치, 너무 설교처럼 들리기 전에 내가 마지막으로 해줄 조언이 있어. 우리 삶에서 사랑하는 사람들은 우리에게 좋은 것들을 많이 소개합니다. 그들이 더 이상 우리와 함께하지 않을 경우, 우리 대부분은 고통에 집중하고 좋은 습관도 버리기로 선택합니다. 그 습관을 기르기 위해 기울인 노력은 잊어버리고 소개해 준 사람에게만 집중하게 됩니다. 이것은 여러분에게 공평하지 않습니다. 아무리 힘들더라도 그 사람과 연습을 분리하는 법을 배워야 합니다. 그들에게 감사하고, 좋은 시간에서 긍정적인 에너지를 얻고 계속하세요.

자신을 포기하지 마세요. 미래의 자신은 이에 대해 감사할 것입니다."

산치는 눈을 크게 뜨고 집중해서 듣고 있었습니다. 마치 마음속에서 전구처럼 불이 켜진 것 같았습니다.

"그 표정은 당신이 이해했다는 뜻으로 받아들이겠습니다."

산치의 미소는 점점 더 밝아지더니 마침내 터져 나오는 웃음소리에 이르렀습니다. "세상에! 치료가 이런 느낌이에요? 진작 받을 걸 그랬나 봐요."

"어쩌면 난 그냥 정말 좋은 친구일지도 몰라"

"아니, 어떻게 이런 걸 그렇게 잘해요?"

"전 논리적 추론을 정말 잘해요. 게다가 비밀을 교환하라고 말할 수도 없죠."

"네, 당신은 이미 프로예요. 비즈니스 모델을 설정하고 서비스 요금을 청구하기만 하면 됩니다."

"그리고 부인께서 제 첫 번째 증언자가 되실 겁니다."

"물론이죠. 가끔은 우리가 이미 마음속 깊이 알고 있는 것을 말해줄 믿을 만한 사람이 필요하거든요."

그날 이후 산치는 자신의 마음을 더 편안하게 받아들였습니다. 그녀는 NGO에서 멘토링했던 학생들과 연락을 취해 그들의 안부를 물었습니다. 반응은 압도적으로 긍정적이었고 학생들은 그녀가 보고 싶다고 말했습니다. 또한 그녀는 아침에는 캠퍼스를 뛰어다니고, 다른 날에는 무술 연습을 하는 시간을 가졌습니다.

곧 인턴십 시간이 다가왔습니다. 다행히 산치와 바룬은 같은 회사에서 인턴십을 하게 되었습니다. 그 과정의 일환으로 콜카타에서 한 달간 프로젝트를 수행해야 했습니다. 산치는 가족과 더 많은 시간을 보낼 수 있게 되어 기뻤습니다.

콜카타에 도착하자 산치는 성대한 환영을 받았습니다. 그녀는 모든 사람들과 다시 연결되었고 프로젝트는 순조롭게 시작되었습니다. 회사에서는 마라톤과 하프 마라톤을 후원했고 인턴을 포함한 모든 직원이 참가하도록 요청했습니다.

하프 마라톤 코스가 공개되자 산치는 카타르시스를 느꼈습니다. 마라톤의 마지막 구간은 라빈드라 사로바 호수에서 열릴 예정이었고 결승선은 라이온스 사파리 공원 근처였습니다. 산치는 혼자 생각했습니다. 자신이 충분히 강해졌는지 확인할 시간입니다. 가족들은 이 문제에 대해 우려를 표했지만 산치는 괜찮다고 안심시켰습니다.

드디어 마라톤 날이 다가왔습니다. 시작은 아주 좋았습니다. 산치는 느리고 안정적으로 달렸지만 바룬은 정말 힘들어했습니다. 하지만 둘은 제시간에 라빈드라 사로바 호수에 도착할 수 있었습니다. 하지만 모든 것이 끝났다고 생각했을 때 전혀 예상치 못한 일이 벌어졌습니다.

햇볕을 받은 은빛 금속이 무해한 태양 광선을 반사해 독화살로 변한 것이죠. 그녀가 눈을 뜨고 기념비를 바라보려고 애쓰는 동안 화살은 무자비하게 발사되었습니다. 바로 그곳에서 그녀를 노려보고 있었습니다. 그녀가 그토록 잊고 싶었던 과거를 떠올리게 했다.

포격이 멈췄습니다. 기억이 밀려들기 시작했고, 그녀는 도움을 요청하는 비명도 지르지 못한 채 그 기억에 빠져들고 있었습니다.

안 돼! 안 돼! 지금 이러면 안 돼! 오늘은 안 돼!

"산치! 산치! 괜찮아? 정신이 나간 것 같아." 바룬의 날카로운 목소리가 그녀를 다시 현실로 데려왔다.

그녀가 뒤를 돌아보니 바룬이 머리 위로 미친 듯이 손을 흔들고 있었다. 그는 거의 10 피트 정도 떨어져 있었습니다. 이 잘생긴 청년이 할머니처럼 신음하며 불평하는 모습은 그녀를 웃게 만들었습니다.

바룬은 언제나 그녀를 웃길 수 있었다. 그에게는 묘한 매력이 있었다. 그도 그녀와 같은 인턴이었지만 둘의 유대감은 단순한 동료 이상의 끈끈함이 있었습니다. 바룬은 옆집에 사는 완벽한 남자애처럼 보였어요. 날카로운 이목구비와 다정한 눈빛의 환상적인 조합을 가졌죠. 곱슬거리는 검은색 머리와 장난기 가득한 미소는 여학생들의 마음을 설레게 했죠. 하지만 그는 운동에 있어서는 매우 게으른 사람이었습니다.

좋은 유전자를 타고나서 좋은 체격과 놀라운 신진대사를 가졌지만, 체력적인 면에서는 강아지처럼 고군분투했습니다.

지금 바룬은 산치의 관심을 끌기 위해 최선을 다하고 있었습니다. 산치가 바룬을 향해 미소를 지었을 때 바룬은 불과 몇 피트밖에 떨어져 있지 않았습니다. 그리고는 쓰러졌습니다.

장: 재발

"걱정하지 마세요. 주로 탈수증입니다. 환자가 의식을 회복하면 심리적인 문제가 있는지 확인할 수 있을 겁니다." 의사가 말했다.

산치는 천천히 눈을 뜨자 낯익은 얼굴들이 자신의 주위를 맴돌고 있었습니다. 그녀의 부모님이 의사의 말을 열심히 듣고 있었습니다. 바룬은 약 목록처럼 보이는 것을 살펴보고 있었다.

"엄마...아빠" 산치의 목소리는 약했다.

"수렌, 우리 아기가 깨어났어요." 산치의 어머니가 말했다. "선생님, 당장 집으로 데려가고 싶어요."

"아기를 좀 더 쉬게 해야 하지 않을까요, 이모?" 바룬이 제안했습니다.

"그녀는 집에서 원하는만큼 쉴 수 있습니다. " 그녀의 어머니가 단호하게 말했다. "내가 돌봐줄게."

"바룬..." 산치가 희미하게 말했다. "난 괜찮아. 집에 가고 싶어요."

"하지만..." 바룬은 왜 산치와 그녀의 가족들이 병원을 경계했는지 갑자기 떠올라 말을 삼켰다. "네, 그럼요. 퇴원 수속을 밟을게요. 금방 퇴원하실 수 있을 거예요."

바룬은 산치가 집으로 돌아갈 때까지 가족들과 함께 있었습니다. 그는 산치가 의사가 처방한 비타민과 약을 잘 복용했는지 확인한 후 자리를 떠났습니다.

산치의 어머니는 그가 떠난 후 "정말 착한 아이"라고 말했습니다. "좋은 사람에게 맡겨서 다행이에요."

"엄마, 바룬은 그냥 친구예요." 산치가 투덜거렸다.

"내가 뭐랬어?" 어머니는 알았다는 표정으로 미소 지었다.

산치는 더 이상 설명할 힘이 없었다. 이미 엄마의 머릿속에서 어떤 계획이 떠오르고 있는지 알고 있었기 때문이다. 하지만 엄마에게는 더 심각한 걱정이 있었다. 공황 발작을 겪은 지 정말 오랜만이었고, 오늘 일어난 일은 예전에 겪었던 공황 발작과 너무도 비슷했기 때문입니다.

산치의 생각은 라이마의 전화 한 통으로 중단되었습니다. "괜찮아? 바룬이 무슨 일이 있었는지 문자로 알려줬어."

"응, 별일 아니고 지금 집에 있어." 산치는 어깨를 으쓱했다.

"아라브의 약혼 소식과 관련이 있나요?" 라이마가 신경질적으로 물었다.

산치는 한동안 침묵했다. 그 문제에 대해 들은 건 이번이 처음이었다.

"난... 몰랐어요."

"아! 이런 소식을 전하게 되어서 정말 미안해요.

"아니, 제발 그러지 마세요. 다른 사람보다 당신에게서 듣고 싶어요."

"오늘 신문에 나왔어요. 다음 달에 어떤 재벌의 딸과 약혼할 예정이라고요."

"알았어."

"너무 갑작스러워요. 아라브가 이럴 줄은 몰랐어요."

"흠. 조만간 일어날 일이었어."

"더 밝은면에서, 나는 당신의 기절이 이것과 관련이 없다는 것이 기쁩니다."

"네, 의사가 심각한 건 아니라고 했어요."

"잘됐네. 다음 주 결혼식 전에 몸매를 가꾸세요. 하지만 내 중요한 날에 나보다 더 좋아 보일 수는 없어!"

"걱정하지 마세요. 당신은 가장 아름다운 신부가 될 거야."

사흘 후 산치는 암리 화재 피해자 협회가 소집한 회의에 참석하기로 결정했습니다. 1년이 넘는 시간이 흘렀지만 달라진 것은 아무것도 없었습니다. 똑같은 얼굴들이 똑같은 문제를 논의하고 있었습니다.

"현재 희생자들의 부검을 담당했던 의사가 법원에서 조사를 받고 있습니다. 검찰이 그 의사를 조사하고 있습니다. 이후 변호인의 반대 심문이 이어질 것입니다." 한 변호사가 말했다.

"검사가 말하는 것을 들었습니까?" 다른 사람이 말했다. "약 65 개의 사후 보고서에 대한 검사가 완료되었습니다. 의사의 검시가 끝나면 목격자인 부상자들을 조사할 것입니다. 그런 다음 희생자의 가족을 조사합니다. 긴 과정이지만 최선을 다하고 있습니다. 오랜 세월이 지나서야 할 수 있는 최선이라는 것이 안타깝습니다."

한 변호사는 "92 명 희생자 모두의 사후 검시 보고서가 검토되고 교차 조사가 이뤄질 것"이라고 말했다. "이 사건에는 400 명이 넘는 증인이 있고 지금 조사 중인 의사는 일곱 번째에 불과합니다!"

"400 여 명의 증인 전부를 조사하지 않을 수도 있습니다." "얼마나 많은 증인을 조사할지는 검찰의 특권입니다." 보우믹이 마침내 말했습니다. 아직 희망을 잃지 맙시다."

"희망?" 솔란키 씨가 한탄했다. "경찰이 수사를 시작하고 법원에 공소장을 제출 한 근거로 고소를 제기 한 사람이 세상을 떠났습니다! 사건의 신속한 진행을 위해 청문회가 더 자주 열리지 않으면 우리도 모두 죽게 될 것입니다."

그 후 긴 침묵이 이어졌습니다. 아무리 희망을 가져도 암울한 현실은 감당하기 힘든 것이었습니다.

"아직 포기하지 마세요." 침묵을 깨는 익숙한 목소리에 산치는 충격을 받았습니다. 어디선가 들어본 듯한 목소리였습니다. "이 모임의 주된 목적이 남겨진 사람들을 치유하는 거잖아요, 그렇죠? 돌아가신 분들이 가장 원하셨을 일이죠."

아라브는 맨 마지막 줄에 앉아 있었습니다. 모두들 새로 온 사람이 누구인지 보려고 고개를 돌렸습니다. 처음에는 그를 희생자의 친척으로 착각하는 사람도 있었지만, 군중 중 누군가가 마침내 그를 알아봤다. "당신! 이 학살에 책임이 있는 책임자의 아들이군요! 어떻게 감히 이곳에 발을 들여놓고 우리를 조롱하느냐!"

"제발 내 말을 들어주세요." 아라브가 호소했다. "저도 여기 있는 다른 사람들만큼이나 상황의 희생자입니다. 저도 치유가 필요한 감정적 상처가 있어요."

"말도 안 돼요!" 군중은 더욱 흥분하기 시작했습니다. "당장 나가요!"

"아이는 진실을 말하고 있어요." 아미나 베굼의 날카로운 목소리에 소란이 멈췄습니다. "내가 그를 불렀어요. 그는 항상 그랬던 것처럼 망설이고 있었어요. 11년 전 법정 밖에서 그가 울부짖으며 우는 모습을 처음 봤어요. 그때 저는 그가 우리 중 하나라고 생각했습니다. 그리고 실제로 그렇습니다! 그는 아버지가 저지른 일에 대한 죄책감으로 상처를 입고 계속 사과를 했어요. 그때는 그가 누구인지, 왜 미안해하는지 몰랐어요. 하지만 1년 전 추도식에서 아버지를 다시 만났을 때 저는 그를 알아봤어요. 그는 며칠 후 저에게 연락을 취했고, 제 거부에도 불구하고 여러모로 저를 도와주었습니다. 하지만 이 아이가 상황의 희생자로서 얼마나 많은 고통을 겪어야 했는지는 상상도 못했습니다. 그의 고통은 우리보다 결코 적지 않습니다."

"감히 우리의 고통과 아미나를 비교하지 마세요!" 두타 씨가 말했습니다. "우리는 피눈물을 흘렸습니다. 그리고 그는 아버지의 죄값을 치르고 있을 뿐이에요!"

아미나 베굼은 대답하려 했지만 아라브가 그녀의 손을 잡고 말렸다. 그는 낮은 목소리로 그녀에게 무언가를 말하고는 서둘러 방을 나갔다.

이제 모든 사람들은 동의 없이 그런 손님을 초대했다는 이유로 아미나에게 분노했다. 일부는 그녀가 야당과 결탁해 동정을 얻어 그들의 결의를 약화시키려 한다고 비난하기도 했습니다. 결국 보우믹은 상황이 진정될 때까지 아미나 베굼에게 퇴장을 요청해야 했습니다.

회의가 끝난 후 산치는 밖에서 기다리고 있는 아미나 베굼을 발견했다. "잘 지냈니, 아가?"

"전 괜찮아요, 아줌마." 산치가 대답했습니다. "미안해요, 그런 일을 겪어야 했어요."

"오히려 다음 세대를 지키지 못한 우리가 미안해야죠."

"이모가 항상 우리를 생각하는 건 알아요."

"베타, 아라브가 이걸 전해주라고 했어요." 아미나가 조심스럽게 포장된 소포를 건네며 말했다. "앞으로 어떻게 될지는 모르겠지만, 아라브는 진심으로 당신을 아끼고 있어요."

산치는 조용히 소포를 받았지만 열어볼 용기가 나지 않았습니다. 조심스럽게 쌓아 올린 경계를 무너뜨리는 계기가 더 이상 생기고 싶지 않았기 때문입니다.

"괜찮아. 잘 간직하고 있다가 준비되면 열어보세요." 아미나 베굼은 산치의 등을 가볍게 두드렸다. "오, 불쌍한 우리 아이."

산치는 이미 눈가에 눈물이 맺히는 것을 느낄 수 있었다. 자신이 불쌍해서가 아니라 아줌마의 말에 진실이 담겨 있었기 때문이었다. 그녀는 감히 아라브를 몇 초 동안만 바라보았고, 그 순간 아라브의 급격한 변화에 충격을 받았습니다. 아라브는 지난 1 년 동안 10 년은 더 나이를 먹은 것 같았다. 그의 표정은 억지스러워 보였습니다. 그의 에너지 수준은 일상적인 업무를 수행하기에 충분했습니다. 그는 길을 잃고 초췌해 보였다. 산치는 자신이 본 것을 믿을 수 없었다. 그 방에 있던 사람은 아라브의 희미한 그림자였다. 예전에 산치가 알던 아라브가 아니었다. 그녀는 아라브의 이런 모습을 몇 초 이상 바라볼 수 없었습니다. 하지만 사랑하는 사람이 엄청난 고통과 괴로움에 시달리고 있다는 것을 알기에는 몇 초면 충분합니다. 순간적으로 산치는 그에게 달려가서 그를 안아주고 싶었고, 그에게 던져지는 모든 총알로부터 그를 보호하고 싶었습니다. 그녀는 엄청난 의지력으로 자신을 통제했습니다.

아미나 베굼은 그녀의 마음을 읽은 것 같았습니다. "사랑은 묘한 것이죠. 몇 달 동안 누군가를 원망하다가도 그 사람이 눈앞에 있는 순간 중요한 것은 그 사람뿐이죠. 다른 모든 것은 허공으로 사라져 버리죠."

"그래서 현실 점검이 필요한 거예요, 아줌마." 산치가 마침내 평정심을 되찾은 듯 말했습니다. "단순한 환상은 우리를 다치게 할 뿐이죠."

"사랑은 아주 실재하는 거야, 내 아이야."

"죽음도 마찬가지야." 산치는 마지막 문장을 말하면서 목이 메었다. 현실에 발을 딛기 위해선 그 말을 소리 내어 들어야 했다. "게다가 아라브는 곧 약혼할 거예요. 아라브가 행복을 찾았으면 좋겠어요."

그렇게 말하며 산치는 소포를 손에 꼭 쥐고 버스 승강장을 향해 천천히 걸어갔습니다.

****

드디어 그날이 왔습니다. 산치의 가장 친한 친구가 결혼하는 날이었습니다. 그녀는 준비를 돕기 위해 아침부터 머물기로 결정했습니다. 그녀는 행사의 엄청난 규모에 놀라지 않을 수 없었습니다. 프라틱의 아버지의 마지막 사업은 최근 큰 성공을 거두었고, 그 신사는 결혼식을 성대하게 치르기 위해 모든 것을 아끼지 않았습니다. 산치는 이 가족의 행운이 계속되기를 바랐습니다.

"와! 성대한 인도 결혼식이라니!" 뒤에서 바룬이 말했다. "이 사람들은 결혼식을 어떻게 치러야 할지 확실히 알고 있군요!"

"아, 드디어 얼굴을 알았군요!" 산치가 안도감을 느끼며 말했다. "아침 내내 도와주려고 돌아다니고 있었어요! 그런데 이 사람들은 사소한 것 하나하나에도 도움을 청하고 감독관도 고용한 것 같더라고요. 그리고 그 위에 웨딩 플래너가 있죠. 전 그냥 편하게 앉아서 쉬기만 하면 돼요."

"아야! 편히 앉아서 쉬세요. 정말 힘든 일이었겠군요." 바룬이 웃으며 말했습니다. "내가 도와줄게요라는 문구로 모두를 방해했겠지." "내가 도와줄게요."

"닥쳐요."

"이제 가서 옷 입어. 내가 여기서부터 태그라인을 도와줄 테니까."

"아! 결혼식 때 옷 입는 건 정말 시간이 많이 걸리는 일이에요."

"아침 내내 그 일에 몰두하고도 칭찬 한 마디 못 들었어요."

"미안해요, 몰랐네요! 하지만 당신은 영화에서나 나올 법한 외모예요." 산치가 눈치챈 순간, 한

무리의 여자아이들이 바룬을 바라보며 신나게 낄낄대는 모습도 보였습니다. "그리고 당신은 이미 팬이 있잖아요."

"무슨 소용이야!" 바룬이 중얼거렸다. "이제 가서 옷 입어, 사악한 아가씨."

산치는 라이마를 한 번 만나볼까 생각했지만 이미 그녀는 스타일리스트와 메이크업 아티스트들에게 둘러싸여 있는 것 같았다.

한 시간 후 산치 산치가 드디어 분장실에서 나왔다. 그녀의 피치 레헨가는 그녀의 피부 톤을 아름답게 보완했습니다. 그리고 로즈 골드 주얼리는 그녀의 자연스러운 아름다움을 강조했습니다. 그녀의 물결치는 머리카락은 어깨 너머로 아름답게 떨어지며 한쪽으로 쓸어 넘겼습니다.

"뭐야......." 바룬이 말했다. "심각한 문제가 생겼어요."

"제발 좋은 소식 좀 전해주세요." 산치가 새로운 상황에 대해 걱정하며 한숨을 쉬었다.

"산치. 어떻게 그럴 수 있어?" 바룬이 물었다.

"우물쭈물하지 마세요." 산치는 참을성이 없어졌다."뭐가 문제인지 말해봐."

"네가 라이마를 배신한 게 문제야."

"뭐?"

"산치 보우믹 양, 당신은 오늘 이 자리에 참석한 여성 중 가장 아름다운 여성입니다. 당신이 너무 예뻐서 신부가 심각한 콤플렉스를 느끼고 오늘 밤 고용한 비싼 메이크업 아티스트들을 모두 해고할 거예요. 그리고 그들의 실직에 대한 책임은 당신이 져야 할 것입니다."

바룬의 간접적인 칭찬은 산치의 얼굴을 붉게 만들었습니다. "참 뻔뻔하네요!" 그녀가 말했다. 그녀는 재빨리 돌아서서 자리를 뜨려고 했지만 곧바로 얼어붙었습니다. 바로 맞은편에 아라브가 서 있었기 때문입니다. 당연히 그가 거기 있었겠지! 아라브가 절친한 친구의 결혼식에 빠질 리가 없으니까요. 하지만 산치는 아직 아라브를 마주할 준비가 되어 있지 않았다.

"괜찮아요?" 바룬이 물었다. "농담이었어요. 미안해요, 만약..." 그는 산치의 시선을 따라가자마자 말을 중간에 멈췄다.

이때 아라브가 산치를 바라보았다. 두 사람의 눈이 마주치자마자 그는 그녀를 향해 걷기 시작했다.

산치는 다리에 힘이 풀려 쓰러질 것만 같았다. 그때 그녀는 어깨에 따뜻한 손이 닿는 것을 느꼈다.

"똑바로 걸어." 바룬이 말했다. "넌 잘못한 게 없어."

산치는 무슨 말을 하려고 입을 열었지만 아무 말도 나오지 않았다. 그 순간, 그녀는 자신이 받을 수 있는 모든 지원을 받을 준비가 되어 있었다.

"안녕, 산치." 아라브가 말했다. "어떻게 지냈어요?"

"잘 지냈어요!" 바룬이 악수를 청하기 위해 손을 뻗으며 말했습니다."안녕하세요! 전 바룬이에요."

이 모든 시간 동안 아라브는 산치만 쳐다보고 있었다. 그는 마침내 눈을 마주치고는 읽을 수 없는 표정으로 바룬을 바라보았다. 그는 손을 내밀지 않았다.

"악수를 안 하는군요." 바룬이 다시 손을 잡으며 말했다. "어쨌든 당신에 대해선 이미 충분히 들었어요. 아라브군요. 산치의 전남편이죠."

아라브는 마지막 두 단어가 언급되자 움찔했다.

"산치는 당신이 그녀를 위해 해준 멋진 일들에 대해 고마워하고 있어요." 바룬은 멈추지 않고 말을 이어갔다. "하지만 두 사람 사이에 일이 잘 풀리지 않아서 다행이에요."

"이름이 뭐라고요?" 아라브는 마침내 침착하게 말했다.

"바룬이요. 걱정하지 마세요. 산치나 그녀의 부모님과 이야기하면 내 이름을 기억할 때까지 계속 듣게 될 거야." 그는 웃으며 말했다. "IIM에서 우리는 거의 뗄 수 없는 사이입니다. 그리고 시롱은 정말 아름다운 곳입니다. 최근에 벚꽃 축제에 갔는데 라이마도 같이 갔어요."

"말솜씨가 좋으시네요." 아라브가 밝은 얼굴로 말했습니다.

"고마워요." 바룬이 말했습니다. "저는 평생 대회에서 진 적이 없어요."

아라브는 대답하려 했지만 라이마의 어머니가 끼어들었습니다. "여러분을 한자리에 모시게 되어 기쁘네요. 비켜주세요. 급한 일이에요." 그녀의 목소리는 심각한 상황이라는 것을 알 수 있었습니다.

라이마의 어머니는 세 사람을 빈 방으로 이끌었다. 그녀는 문을 닫고 아무도 듣지 않는지 확인했다.

"아줌마, 무슨 일이에요?" 산치가 드디어 말을 꺼냈다. 그녀의 걱정스러운 표정을 보고 있자니 자신의 상황은 잠시 잊혀졌습니다.

"내 딸..... 실종됐어요."

장: 결혼식

"라이마가 실종되었고 어디에서도 찾을 수 없습니다. 이미 행사장 전체를 두 번이나 수색했습니다." 라이마의 어머니는 감정에 북받쳐 목이 메었다. 그는 간절한 눈빛으로 산치를 바라보았다. "베타, 라이마가 이 결혼 생활에 불만이 있다는 말을 한 적이 있나요?"

산치는 즉시 바룬을 바라보았다. 라이마가 시롱에 왔을 때 둘이 나눴던 대화가 떠올랐다. 하지만 라이마가 자신의 결혼식 날 도망칠 만큼 심각한 문제였을까? 아니면 더 심각한 문제일까요?

"이모, 라이마를 마지막으로 본 게 언제예요?" 아라브의 목소리는 산치의 생각을 깨뜨렸다.

"스타일링과 화장이 다 끝나고 나서 봤어요. 정말 아름다웠어요." 아줌마는 잠시 말을 멈췄습니다. "아줌마는 저에게 뭔가를 말하려고 했지만 웨딩 플래너의 전화를 받고 잠시만 나가 있기로 했어요. 돌아와 보니 방이 비어 있었어요. 처음에는 바람을 쐬러 나갔나보다 생각했는데 30분이 지나도 돌아오지 않자 당황한 나머지 아버지에게 알렸어요. 사방으로 찾아다녔지만 어디에도 보이지 않았습니다. 휴대폰도 여전히 꺼져 있었습니다."

"이모, 일단 진정하세요." 아라브가 안심시키며 말했습니다. "우리가 라이마를 찾을 거예요."

바룬은 "CCTV 영상을 확인해보자"고 제안했다.

아라브는 "너희들이 그렇게 하고 나는 프라틱을 한번 만나서 아는 게 있는지 알아볼게."라고 말했다.

CCTV 영상을 확인한 라이마의 어머니는 당황하기 시작했습니다. 영상에는 웨딩드레스를 입은 라이마가 택시를 타고 결혼식장을 떠나는 모습이 담겨 있었습니다. "그런데 왜요?" 그녀가 물었습니다.

바룬은 "저는 어머니가 아무런 의심 없이 이 일을 해냈다는 사실에 더 놀랐습니다."라고 말했습니다.

"라이마는 항상 자신이 원하는 것을 얻는 방법을 알고 있습니다." 산치가 말했습니다. "누가 그녀를 보더라도 자연스럽게 보이도록 완벽한 핑계를 만들었을 겁니다."

"하지만 내 딸이 왜 이런 짓을 하려고 하겠어요?" 어머니는 숨이 막혔습니다.

이때 아라브가 보안실로 들어왔습니다. "프라틱은 무슨 일이 벌어지고 있는지 전혀 모르는 것 같군요. 구체적인 답을 얻을 때까지는 걱정시키지 말자고요."

"제가 보기엔 신부가 겁을 먹은 것 같네요." 바룬이 컴퓨터 화면을 가리키며 말했다. "그녀는 똑똑해요. 사각지대를 다 알고 있었던 것 같네요. 영상에는 그녀가 혼자서 뒷문으로 나가는 모습이 찍혀 있습니다. 다행인 건 납치가 아니라는 걸 알았다는 겁니다."

"우선 그녀의 위치를 찾는 데 집중합시다."라고 산치가 말했습니다. "그다음에 그녀와 대화해서 데려올 수 있어요. 그녀도 이해할 거예요."

"산치, 지금 이 시점에서 라이마가 어디로 갈지 생각나는 곳이 있나요?" 아라브가 조심스럽게 물었다.

산치는 아라브와 처음으로 눈을 마주쳤다. 그의 눈은 슬프고 빛이 없어 보였다. "저..저..." 그녀는 더듬거렸다. 그녀는 아라브에게 머릿속을 맴도는 백 가지 질문을 하고 싶었다. 하지만 오늘은 그녀의 가장 친한 친구의 중요한 날이어야 했다. 자신의 문제로 일이 복잡해지면 안 되니까요. 아라브는 단 하루라도 흔들리지 않고 강인하게 행동해야 했습니다. "우리가 자주 가던 아지트가 생각납니다. 라이마는 사교적인 성격에도 불구하고 조용한 곳에서 쉬는 것을 좋아했어요."

바룬은 산치를 바라보며 "우리도 그런 곳에 가보자"고 말했습니다.

"왜 라이마가 방금 호텔 방을 예약했을 가능성을 배제하는 건가요?" 바룬이 물었습니다.

"배제하고 있지 않아요." 아라브가 엄숙하게 말했다. "그렇지 않기를 바라며 기도하고 있을 뿐입니다. 왜냐하면...... 그러면 우리 절친의 결혼식은 망하는 거니까요."

"뭐라고요?" 출입구에서 익숙한 목소리가 들려왔습니다.

모두가 때마침 고개를 돌려 신랑이 겁에 질린 표정으로 방으로 들어오는 것을 보았습니다.

"오 신이시여! 뭐라고 말해야 할지 모르겠어요." 라이마의 어머니는 흐느끼기 시작했다. "우리 라이마가 실종됐어요."

프라틱은 문고리를 놓으면 금방이라도 쓰러질 것처럼 힘겹게 잡고 있었다. "아라브, 라이마와 마지막으로 통화한 게 언제냐고 물었을 때 뭔가 잘못됐다는 느낌이 들었어요. 하지만 이....."

"진정해, 친구. 당신의 신부는 안전합니다. 영상에는 신부가 택시에 타는 모습이 찍혔어요. 제3자가 개입된 것 같지는 않아요." 바룬이 말했다.

"그럼 당신은요?" 프라틱이 무표정한 얼굴로 물었다.

"아, 맞다! 저는 바룬입니다. 더 빨리 소개하지 못해서 미안해요." 바룬이 손을 내밀며 말했다.

프라틱은 이미 멍한 상태였다. "아, 네. 바룬. 라이마가 당신에 대해 얘기했었죠." 그는 문고리를 잡은 손을 놓지 않고 말했다.

"하루에 두 번이나 매달렸군." 바룬이 중얼거리며 재빨리 손을 뒤로 빼냈다. "이해해. 힘든 시기를 겪고 있으니까요."

"프라틱, 우리가 라이마를 데려올게요." 산치가 말했다. "그녀를 믿어주세요."

"다 제 잘못이에요." 프라틱이 목을 메며 말했다. "라이마는 계속 대화하고 싶다고 말했는데 저는 이런저런 이유로 대화를 계속 미뤘어요."

아라브는 "자책하는 것은 지금 당장 도움이 되지 않습니다."라고 말했습니다. "라이마가 있을 만한 장소를 알아내야 해요."

그 후 20분 동안 라이마가 있을 만한 장소를 물색하는 데 시간을 보냈습니다. 하지만 완전히 차려입은 신부가 눈에 띄지 않을 만큼 안전한 곳은 없었습니다.

"우리는 빙글빙글 돌고 있어요." 바룬이 말했습니다. "프라틱과 산치, 너희는 라이마와 가장 가까운 친구들이야. 라이마가 가고 싶었을 만한 장소가 떠오르지 않나요?"

"제 딸은 어렸을 때 숨바꼭질을 좋아했어요. 가끔은 포기하고 초콜릿으로 뇌물을 주며 스스로 나오도록 유도하기도 했죠. 하지만 결혼식 날에 이런 짓을 할 줄은 몰랐어요!" 이모가 한탄했습니다.

갑자기 프라틱의 얼굴에 희망의 빛이 번졌습니다. "그럴 리가 없어......근데......라이마잖아."

"단서라도 찾았어?" 아라브가 물었다.

"글쎄요... 몇 달 전에 라이마가 방탈출 게임에 가보고 싶다고 했어요. 그래서 데려가겠다고 약속했지만 사업과 결혼 준비로 바빴어요." 프라틱이 말했습니다. "그날이 다음 데이트였어야 했지만 더 이상 개인적인 외출이 없었습니다."

바룬은 "가능성이 희박하지만 시도해볼 만한 가치가 있습니다."라고 말합니다. "콜카타에는 방탈출 게임이 몇 개나 있나요? 라이마가 가고 싶어 하는 특정 방이 있나요?"

"라이마는 상위 세 곳을 후보로 꼽았어요. 솔트레이크, 엘진 로드, 파크 스트리트에 있는 방들이에요." 프라틱이 말했습니다. "이 대화에 대해 제가 기억하는 것은 그게 마지막입니다."

바룬은 "적어도 단서는 확보했네요."라고 말했습니다. "흩어져서 더 많은 지역을 수색할 수 있어요."

"나는 파크 스트리트로 갈 테니 산치는 엘진 로드로, 아라브는 솔트레이크로 가자고요." 바룬이 말했습니다. "프라틱은 행사장을 떠나면 안 될 것 같아요. 결혼식 직전에 신랑과 신부가 모두 사라졌다는 사실을 알게 되면 하객들이 어떻게 반응할까요?"

"이건 제 약혼자에 대한 이야기입니다. 가만히 앉아서 아무것도 안 할 수는 없죠!" 프라틱이 말했다. "아라브와 솔트레이크에 갈 거예요."

"걱정 마, 베타. 내가 대신 갈게." 라이마의 어머니가 말했다. "제 딸을 집으로 데려와 주세요."

******

산치는 30 분 만에 엘진 로드에 도착했다. 그녀는 서둘러 건물에 도착했지만 입구에서 아라브를 발견하고 깜짝 놀랐다.

"뭐...여기서 뭐 하는 거예요?"

"프라틱이 자기 신부를 돌볼 수 있어서...... 그래서 여기 왔어요."

"한 달 정도 지나면 자네도 자기 신부를 돌봐야 할 텐데. 도망가지 않게만 잘 지켜주세요."

"그런 거 아니에요."

"그건 사업상의 거래일 겁니다. 당신이 어떻게 승낙했는지 놀랍군요."

"그게 바로 산치......."

"다음 달에 당신의 약혼 소식이 모든 주요 신문에 실릴 거예요."

"그리고 난 그걸 되돌릴 방법이 없어요."

"그래서 약혼을 하기로 결정했군요."

"산치, 우리 아버지가…… 몇 주 전에 심장마비를 일으키셨어요. 사업 경쟁자들이 아버지가 약해졌다고 생각하지 않도록 조용히 지내셨죠. 하지만 기력을 회복하자마자 제가 가장 큰 파트너의 딸과 약혼한다고 발표하셨어요. 제가 반응하기도 전에 그는 이 사실을 알렸어요. 그리고 그 소식은 걷잡을 수 없이 퍼져나갔죠."

"그럼 끝났네요."

"산치 이…."

"아라브, 제발 이 일을 우리 문제로 만들지 말자고…… 오늘은 아니야."

그렇게 말하며 산치는 안으로 들어갔다. 아라브는 조용히 뒤를 따랐다.

"실례합니다. 오늘 신부처럼 차려입은 사람이 여기 왔나요?" 리셉션에서 산치가 물었다.

"아니면 지금 여기 미스터리 룸에 있는 건가요?" 아라브가 더 희망적으로 물었다.

"죄송하지만 고객에 대한 자세한 정보는 알려드릴 수 없습니다." 리셉션의 여직원이 말했다.

"아주 중요한 일입니다." 산치가 간청했다. "저희 친구가 결혼식 직전에 겁을 먹은 것 같습니다. 저희는 그저 그녀와 이야기를 나누고 그녀가 평생 후회할 결정을 내리지 않도록 하고 싶을 뿐입니다."

카운터에서 소란스러운 소리를 듣고 매니저가 도착했습니다. 모든 이야기를 들은 매니저는 "고객 정보를 공개할 수 없습니다. 제가 말씀드릴 수 있는 것은 미스터리 룸 중 하나에 하루 종일 예약이 들어왔다는 것뿐입니다."

"감사합니다." 산치는 "그게 우리가 필요한 힌트 전부입니다." 라고 말했습니다.

그들은 막다른 골목에 다다른 바룬과 프라틱에게 알렸다.

"프라틱이 도착할 때까지 기다리자." 아라브가 말했다. "라이마의 마음을 바꿀 수 있는 사람이 있다면 바로 그 사람이에요."

"바룬은 사람들을 설득하는 데도 탁월한 능력을 발휘하죠." 산치가 말했습니다. "하지만 라이마에게 프라틱의 확신이 필요하다는 데는 동의합니다."

아라브는 단호한 표정으로 "웅변가는 필요 없어요"라고 말했습니다.

그들은 그 후 30분 동안 조용히 앉아 있었다.

"그래서 바룬이랑 사귀는 거야?" 아라브가 마침내 침묵을 깼다.

산치는 대답하지 않았다.

"이봐, 형. 여자애한테 자리 좀 비켜줘." 입구에 서 있던 바룬이 말했다. 그는 곧장 그들 쪽으로 걸어가더니 "우리가 수색 장소를 다 정했는데 여기까지 온 건 정말 교활한 짓이야"라고 말했다.

산치는 바룬의 손을 잡고 진정하라는 신호를 보냈다. 바룬은 자유로운 손을 산치의 어깨에 얹고 "괜찮아?"라고 물었다.

"네, 괜찮아요." 산치가 말했다. "그리고 프라틱이 도착했네요."

"라이마는 어딨어?" 프라틱은 필사적으로 신부를 찾기 위해 방 전체를 샅샅이 뒤졌다.

"그녀는 미스터리 룸 중 하나에 있어요." 산치가 대답했다. "하루 종일 예약한 것 같네요."

그때 매니저가 프라틱에게 다가왔습니다. "당신이 신랑인가요?" 그는 프라틱의 옷차림을 살피며 물었습니다.

"네."

"그럼, 신부 측에서 여러분에게만 전달할 지침이 있습니다. 친구들은 밖에서 기다리세요."

매니저는 프라틱을 미스터리 룸 중 한 곳으로 안내하며 카드를 건넸습니다. 곧 프라틱은 그들의 시야에서 사라졌습니다.

"이렇게 될 줄은 몰랐어요." 바룬이 말했습니다. "네 절친이 벌써 비밀 조직에 포섭된 건 아니겠지?" 바룬이 산치를 바라보며 물었다.

"이미 포섭된 사람이라면 정보를 공개할까요?" 산치가 미소를 지었다.

"이 결혼식이 훨씬 더 흥미로워졌다는 건 인정해야겠군."

"정말 결혼식이 있을 거라고 확신해요?" 아라브가 살짝 짜증을 내며 물었습니다. "어떻게 둘이 이 상황을 그렇게 가볍게 생각할 수 있어?"

바룬은 "여기서 걱정하는 건 스트레스만 줄 뿐 아무런 성과도 얻지 못할 거예요."라고 말했습니다. "우리의 스타 커플을 좀 믿어주세요. 금방 해결책을 찾아서 나올 거예요."

아라브는 "내 가장 친한 친구가 결혼식을 망치려고 애쓰고 있는데 난 여기 앉아서 농담이나 하고 있을 수는 없잖아요."라고 말했습니다. "둘이 계속해."

바룬은 대답하려고 입을 열었지만 산치가 가만히 있으라는 신호를 보냈다.

"이제 우리는 그들을 위해 기도할 수밖에 없어요." 산치가 말했다.

세 사람은 영원처럼 보이는 시간 동안 침묵 속에 앉아 있었다. 한 시간 후 그들은 프라틱이 미스터리 룸에서 나오는 것을 보았습니다. 그는 혼자가 아니었습니다. 그는 라이마의 손을 잡고 있었고 그녀는 웃고 있었습니다.

세 사람은 즉시 자리에서 일어나 그 부부를 향해 달려갔습니다.

"라이마, 괜찮아?" 산치가 물었다. "아, 무슨 생각이었어요? 당신을 찾느라 정신이 하나도 없었어요."

"이런 일을 겪게 해서 미안해요." 라이마가 대답했습니다. "하지만 너희가 날 찾길 바랐어. 그리고 찾았잖아요."

"언제 어디서든 널 찾을 수 있을 거야, 라이마." 프라틱이 말했다. "그리고 우리가 가진 모든 오해를 풀어줄게. 오늘처럼."

라이마는 미소를 지으며 미래의 남편을 바라보며 얼굴을 붉혔다.

"둘이 화해한 것 같네요." 바룬이 말했다. 이제 우리가 할 일은 두 사람이 결혼식장에 제시간에 도착하는 것뿐이죠."

"프라틱은 미소를 지으며 말했습니다. "이미 신부만을 위한 맞춤 서약서를 작성했습니다. 신부의 상황적 단서 덕분에 신부가 원하는 것이 무엇인지 정확히 깨달았어요."

"정확히 무슨 일이 있었던 거죠?" 바룬이 물었습니다.

"그녀는 마지막에 저를 기다리고 있었어요. 그리고 제가 그녀를 찾는 데 도움이 되는 단서를 곳곳에 마련해 두었죠. 그 단서는 그녀가 저에게 했던 약속에 숨겨져 있었어요."

"놀랍네요!" 바룬이 말했습니다. "이 라이마를 얼마나 오랫동안 계획했나요?"

"오늘 아침에 일어나자마자 그 생각이 떠올랐어요." 라이마가 미소 지었다. "그리고 내 진정한 사랑이 나를 찾아줘서 기뻐요."

"라이마, 우리가 가고 있다고 이미 가족들에게 알렸어." 아라브가 말했다. "나머지 이야기는 차 안에서 계속하자고요."

두 사람이 차에 올라타자 아라브는 교통 체증을 뚫고 최대한 빠르게 운전했습니다.

"아, 내 헤어스타일이 망가졌어." 라이마가 말했다.

"여전히 당신이 제일 예뻐요." 프라틱이 안심시켰습니다.

행사장에 도착하자 불꽃놀이와 성대한 환영이 그들을 맞이했습니다. 하객들은 신랑과 신부가 함께 입장하기로 했다는 소식을 들었습니다.

결혼식은 한 치의 오차도 없이 계획대로 진행되었습니다. 신랑과 신부는 모든 의식을 치르는 내내 미소를 지었습니다. 그 어느 때보다 행복해 보였습니다.

"드디어!" 멀리서 지켜보던 산치가 한숨을 내쉬었다.

모든 것이 끝났을 때는 거의 동이 틀 무렵이었습니다. 친한 친구와 가족을 제외한 모든 하객이 자리를 뜬 뒤였습니다.

산치는 너무 졸려서 간신히 눈을 뜨고 있었는데, 익숙한 목소리가 그녀를 깨웠습니다.

"슈루티가 남긴 소포는 받았어요?" 아라브가 부드럽게 물었습니다.

장: 과거의 패키지

"방금 슈루티한테서 소포가 왔다고 했어요?" 산치가 믿기지 않는다는 표정으로 물었다.

"내가 아미나 아줌마에게 맡긴 소포 안 열어봤어?" 아라브가 답례로 물었다.

"네가 보낸 줄 알았는데... 어떻게?"

아라브는 대답하기 전에 잠시 멈칫했다. 그는 회상하며 눈을 감았다. 그는 오래된 퍼즐 조각을 조심스럽게 맞추려는 듯 천천히 말했습니다.

"어렸을 때 아버지가 저를 새 병동 개원식에 데려가셨어요. 저는 지루해서 바닥을 돌아다니고 있었어요. 거기서 물리치료를 받고 돌아오던 어린 소녀와 마주쳤어요. 저는 그 아이를 침대로 데려다줬어요. 그 아이는 다음 날 퇴원할 예정이라 너무 신이 났어요. 정말 활기찬 아이였어요. 언니를 다시 만난다는 얘기만 하고 있었죠. 그녀가 떠날 때 저는 파우치에 달린 작은 열쇠고리를 발견했습니다. 돌려주려고 집어 들었지만 이미 언니는 제 시야에서 사라진 뒤였습니다. 언니에 대한 어떤 정보도 가지고 있지 않았기 때문에 저는 파우치를 열었습니다. 그 안에는 편지가 들어 있었습니다. 편지를 읽기도 전에 저는 아버지의 조수에게 끌려갔습니다. 집에 갈 시간이었습니다. 그날 밤 저는 퇴원하기 전에 병원을 찾아가서 그 소녀를 추적해야겠다고 생각했지만, 우리 모두는 10년 만에 가장 끔찍한 소식을 들었습니다... 그 소녀가 살아서 나왔는지 아닌지 알 수 없었고 다시는 그 병원을 방문할 용기가 나지 않았습니다.

작년에 해외 출국을 준비하던 중 짐을 뒤지다가 파우치를 발견했습니다. 오랜만에 편지를 다시 읽어보니 완벽하게 이해가 됐어요. 제가 해야 할 일이 무엇인지 알았지만 당신은 이미 시롱으로 떠나 새로운 삶을 시작하고 있었어요. 아미나 베굼에게 연락해 상황을 공유했어요. 하지만 그녀는 내가 직접 당신에게 넘겨야 한다고 주장했습니다. 당신은 1년여 만에 돌아왔어요. 아미나 아줌마가 다음 만남을 위해 저를 불렀고, 그 후폭풍을 알면서도 저는 갔어요...... 너무 보고 싶었어요......"

"만약... 이 편지가 아니었다면 한 번도 연락을 하지 않았을까요?" 산치가 약간 떨리는 목소리로 물었다.

"네가 떠나기 전날 밤에 네 집을 방문했지만... 난 환영받지 못했어... 네 엄마는 그냥..."

"날 보호해줘..."

"그래... 그래서 난 별로 고집을 부리지 않았어... 내가 너와 네 가족에게 준 모든 고통을 생각하면... 난 그럴 자격이 없어."

산치는 대답하지 않았다. 그녀의 머릿속을 흐르는 생각들은 모두 엉켜 있었다. 그녀가 하고 싶은 것은 서둘러 집으로 돌아가 슈루티가 몇 년 전에 쓴 글을 읽는 것뿐이었다. 하지만 한편으로는 두려웠습니다. 그 안에 담긴 내용을 감당하지 못하면 어쩌지? 죄책감을 감당할 수 있을까? 슈루티는 지난번의 공황 발작을 과로로 오인해 아무에게도 말하지 않았습니다. 재발하면 어쩌지?

아라브는 그녀의 생각을 읽은 것 같았다. "산치, 제발 너무 생각하지 마세요. 여기까지 오느라 정말 고생 많았어. 그 모든 노력이 헛되지 않게 해줘요."

산치는 대답하지 않았다. 그녀는 아무 말 없이 행사장을 빠져나갔다. 택시에 올라타면서 그녀가 원한 것은 머릿속의 목소리가 멈추는 것뿐이었습니다.

마침내 집에 도착한 산치는 서랍을 열고 책 더미 뒤에서 조심스럽게 포장된 소포를 꺼냈습니다. 그녀는 떨리는 손가락으로 갈색 종이 포장을 풀기 시작했습니다. 작은 메모 카드 하나가 그녀의 무릎 위에 떨어졌다. 아라브가 보낸 것이었습니다. 이렇게 적혀 있었다:

"인생에는 이유가 있어서 사람들을 만나게 하는 방법이 있습니다. 도움이 되길 바랍니다. "

그래서 아라브가 그녀를 만난 건가요? 그들의 여정이 여기까지였나요? 아라브가 그녀와 여동생 사이의 마지막 연결고리 역할을 하려고? 산치의 머릿속이 또다시 복잡해졌다. 그녀는 힘겹게 종이를 계속 풀었다. 마침내 그녀는 열쇠고리에 달린 작은 주머니를 발견했다. 일곱 번째 생일에 슈루티에게 선물했던 것과 같은 것이었습니다. 파우치 안에는 접힌 종이가 들어 있었습니다. 한쪽에는 시의 초안처럼 보이는 종이가 들어 있었습니다.

방앗간 옆의 아름다운 집에서,
로지, 릴 두 자매가 살았죠,
로지보다 나이가 많았고 릴은 더 어렸다,
그들은 서로를 강하게 사랑했지.

언니는 강하고 대담했습니다,
언니는 종종 못되고 차갑게 행동했지
동생을 밀어내곤 했죠
그래도 릴은 언니를 사랑했어요

여동생은 다정하고 친절했습니다,
언니의 실수에도 신경 쓰지 않았죠

릴리는 마음속 깊이 로지가 착하다는 걸 알았죠
릴은 언니의 찡그린 얼굴이 아니라 언니의 마음에 집중했죠

어느 날 여동생이 물었습니다,
"왜 나를 밀어내는 거야?
내가 널 사랑하는 거 몰라?
네가 못되게 굴어도?"

언니는 잠시 생각했습니다,
그러고는 조금도 웃지 않고 말했지
"사랑하는 동생아, 내가 널 밀어내는 거야,
가끔은 상처받을까 봐 무서워서야

여동생은 언니를 꼭 껴안았다,
그리고 귓가에 아주 가볍게 속삭였어요,
"날 무서워할 필요 없어,
난 항상 너를 사랑할 거야.

그날부터 언니는
언니는 동생을 더 믿기 시작했습니다,
그리고 언니는 동생에게 보여줬습니다,
사랑은 어떤 상처도 치유할 수 있다는 걸.

둘은 함께 바닷가에서 놀았어요,
모래사장에서 웃고 춤을 췄지,
언니는 이제 알았어요
동생이 자신의 가장 친한 친구라는 걸.

그리고 언니가
다시 못되게 굴어도
동생은 언니를 용서하고
그리고 똑같이 사랑했습니다.

자매는 그런 존재입니다,
싸우기도 하고 상처를 주기도 하지만

하지만 마음속 깊은 곳에서는 언제나 서로를 사랑하죠,

그리고 그들의 유대는 결코 끊어지지 않을 것입니다.

산치는 감정을 다스리려고 심호흡을 했지만 이미 눈물이 뺨을 타고 흘러내리고 있었습니다. 그녀는 천천히 종이를 넘겼다. 반대쪽에는 메시지가 적혀 있었습니다.

사랑하는 산치 디에게,

넌 내가 이 세상에서 가장 존경하는 사람이야. 동네 애들이랑 놀 때면 항상 제일 어리고 약한 나를 괴롭히곤 했던 거 기억나? 당신은 항상 나를 맹렬히 보호하고 그들에게 교훈을 주었죠. 그때부터 아빠는 제 슈퍼히어로가 되었어요! 저도 커서 아빠처럼 강하고 대담한 사람이 되고 싶어요.

나는 너만큼 말을 잘하지 못하지만 너를 위해 시를 썼어. 마음에 드셨으면 좋겠어요. 그리고 이것도 있어요.....

편지는 불완전했다. 산치는 울음을 터뜨렸고 더 이상 조용히 울 수 없었습니다. 여동생이 왜 편지를 완성하지 못했을까 생각하니 가슴이 미어졌습니다. 그녀는 침대에 앉아 울면서 편지를 꽉 움켜쥐었습니다. 산치는 언제 잠이 들었는지 모를 정도로 몇 시간 동안 울었습니다. 산치는 아름다운 열아홉 살 소녀가 책상에서 무언가를 쓰고 있는 것을 보았습니다. '슈루티!' 산치가 외쳤다. 소녀는 고개를 들어 환하게 웃었다. 소녀는 무언가를 말하고 있었지만 산치는 무슨 말인지 알아들을 수 없었습니다. 그러자 소녀는 그림이 가득한 벽을 향해 산치를 가리켰어요. 산치는 사진을 잘 볼 수 있도록 가까이 다가갔습니다. 생일, 휴가, 기념일, 가족 행사 등 모든 순간이 액자에 예쁘게 담겨 있었어요. 사진마다 슈루티와 산치의 미소는 변함없었습니다. 가장 마지막에 있는 사진은 바로 산치의 결혼식 사진입니다! 산치는 신랑의 얼굴을 보려고 가까이 다가갔다가 벨소리에 잠에서 깼어요.

"여보세요." 산치가 중얼거렸다.

"산치, 괜찮아? 어디 있니?" 반대편에서 바룬의 목소리가 들려왔다.

"아! 제발 소리치지 마세요! 나 집에 있어." 산치를 깨우기에 충분했다.

"무사해서 다행이야." 바룬이 한숨을 쉬었다. "하지만 떠나기 전에 말이라도 해줬어야지."

"흠"

"자고 있는 것 같네. 알았어, 다시 자고 일어나서 전화해."

"알았어, 끊을게"

하지만 산치는 더 이상 잠들어 있지 않았다. 그녀는 자신이 동생을 위해 정의를 찾으려던 길에서 벗어났다는 것을 알고 있었다. 모든 것을 뒤로하고 새롭게 시작하려던 그녀의 시도는 헛수고였다 과거는 언제나 미래로 스며들어 일을 원점으로 되돌릴 방법을 찾아낸다. 아무리 노력해도 추악한 진실과의 대면을 피할 수는 없습니다. 그리고 산치 인생의 추악한 진실은 다름 아닌 산치가 사랑에 빠졌던 잘생긴 아라브에 의해 전면에 드러났습니다. 잔인한 농담이 얼마나 더 남았을까, 그녀는 궁금해했습니다. 하지만 이번엔 산치가 준비되어 있었습니다.

다음 날 아침 산치는 바룬을 초대해 소송 절차에 대해 논의했다. 그 자리에는 바룬의 부모님도 함께했습니다.

"가장 놀라운 부분은 법원이 상무이사에 대한 혐의를 살인에 해당하지 않는 과실치사에서 살인에 해당하지 않는 성급하고 부주의한 행위로 축소했다는 점입니다."라고 Saanchi 는 말합니다. "판사조차도 기업 경영진의 형사상 과실로 인한 대량 사망에 대한 책임을 묻는 것과 관련하여 국제형사재판소법의 명백한 한계를 지적했습니다."

바룬은 "이 주제에 대해 약간의 조사를 해봤는데 제가 틀렸다면 정정해 주세요."라고 말했습니다. "화재는 5 층짜리 병원 지하에서 발생했습니다.

건물은 중앙집중식 냉난방 시설이었기 때문에 벽이 밀폐되어 있었고 환기구나 창문도 없었습니다. 지하실에서 발생한 유독성 연기가 중앙 냉난방 시스템을 통해 건물 내부로 유입되었습니다. 환자 병동에 짙은 연기가 쌓여 시야가 좁아지고 안에 갇힌 사람들이 질식했습니다."

가족들이 머릿속에서 어떤 이미지를 떨쳐내려고 애쓰는 동안 병실은 한동안 조용해졌습니다. 산치의 아버지가 마침내 말을 꺼냈습니다.

"병원은 콜카타 시공사에서 승인한 건축 계획에서 벗어난 것 외에도 화재 및 안전 지침을 위반했습니다. 허가된 계획에 따르면 지하 1층은 주차장으로 사용되어야 하지만 사무실, 창고, 약국으로 개조되었습니다. 게다가 인화성 물질이 그곳에 보관되어 있었습니다. 이것은 소방서의 반복적인 지침을 위반했습니다. 그러나 병원은 매년 소방서의 지침을 준수한다는 진술서를 제출한 후 소방서로부터 이의 없음 증명서를 받았습니다. 실제로 병원 이사회는 지침을 이행하라는 어떠한 지시도 내리지 않았습니다. 병원 이사회는 화재 안전 부실이 오랫동안 지속되어 왔기 때문에 분명히 알고 있었을 것입니다."

"안전 규범을 지키는 것은 경영진의 책임입니다. 그들을 정당하게 처벌할 수 있는 법은 없나요?" 보우믹 부인이 물었습니다.

"인도에는 그런 법이 없습니다." 바룬이 말을 흐렸습니다. "기업의 책임에 대해 구체적으로 정의된 법률이 없습니다. 관습법의 규범을 따르기 때문에 기업의 CEO 나 이사회가 직접 범행을 저질렀거나 범행에 직접 관여하지 않는 한, 개인의 사망을 초래한 행위에 대해 형사 책임을 묻기는 어렵습니다. 한 명 또는 여러 명의 사망을 초래한 범죄적 과실, 위임 또는 부작위에 대해 고위 경영진에게 책임을 묻는 특별법을 입법화한 영국과 호주 등 일부 다른 국가에서는 상황이 매우 다릅니다."

"보팔 가스 참사나 우파르 시네마 화재 사건과 같이 기업의 과실로 인한 사망 사건이 반복적으로 발생하고 있는데도 우리는 아무것도 배운 것이 없나요? 왜 우리 국회의원들을 깊은 잠에서 깨우지 못했을까요? 과실치사나 과실치상과 같은 극악무도한 범죄에 대한 기업의 형사책임을 규정하는 법을 아직 제정하지 않은 이유는 무엇일까요? 인도 법률위원회는 왜 눈을 감고 있는 걸까요?" 산치 어머니의 질문은 그녀보다 앞서 희생된 수백 명의 피해자 가족들의 아픔과 공명했습니다. 국가가 제대로 된 정의를 실현할 수단조차 제공하지 않는다는 사실을 아는 것은 범죄 자체만큼이나 고통스러운 일입니다.

"슬프다"고 바룬은 우울하게 말했습니다. "두 경우 모두 최대 형량에는 큰 차이가 있습니다. 과실치사죄의 경우 법원은 최대 무기징역까지 선고할 수 있지만, 과실치사죄, 즉 무모하거나 부주의한 행위로 인한 사망사고의 경우 무모한 행위로 인해 다수의 사람이 사망했더라도 최대 2년까지만 선고할 수 있습니다."

내심이 바닥난 산치는 "기업의 과실로 인한 과실치사의 경우 처벌 수위를 높이는 등 법 개정이

시급하다"고 말했다. "기업의 과실로 인한 대량 사망 사건이 반복적으로 발생하고 있습니다. 따라서 이런 경우 처벌 수위를 높일 수 있는 근거는 충분합니다. 영국 법안과 유사한 기업 살인 또는 과실치사를 다루는 독립적인 법이 만들어져야 합니다."

산치의 아버지는 "이 나라에서 일반 시민이 법을 바꾸는 것은 거의 불가능하다"고 말했습니다. "이런 생각을 해보라고 권유조차 할 수 없어 안타깝습니다."

"하지만 전에도 해본 적이 있지 않나요? 할 수만 있다면..." 산치는 알 수 없는 번호로 걸려온 전화 한 통을 받았다. 그녀는 전화를 끊고 다시 말하기 시작했다. "만약에..." 하지만 또다시 방해를 받았습니다! 겨우 전화를 받은 산치가 인사말을 마치기도 전에 상대방에서 큰 목소리로 전화를 걸었습니다.

"산치, 다시는 감히 나나 내 아들을 협박하면 죗값을 치르게 할 거야."

"뭐라고요? 당신은 누구고 도대체 무슨 말을 하는 겁니까?"

"나와 내 가족에 대한 정보를 수집하기 위해 그렇게 먼 길을 돌아다니면서 순진한 척하지 마!"

"무슨 말인지 모르겠는데..."

"네, 알아요! 라케시 와디아 씨입니다."

"아라브의 아버지!"

"협박 쪽지와 메시지를 보내놓고 놀란 척하지 마세요."

"난 아무것도 보낸 적 없어요."

이때 바룬이 산치의 휴대폰을 빼앗아 스피커폰에 꽂았다. 반대편에서 목소리가 이어졌습니다.

"내 문제일 때는 아무 것도 하지 않았어요. 난 훨씬 더 나쁜 상황도 처리했어. 그런데 어떻게 감히 아라브에게 살해 협박을 보내? 그 어리석은 소년은 당신에게 좋은 일만 해줬는데 이렇게 보답해야죠!"

"아라브가 살해 협박을 받았다고요?"

"거짓말 그만해!"

바룬은 전화를 끊었다. 모두들 방금 들은 말을 정리하는 데 잠시 시간이 걸렸다.

"산치, 아라브가 협박에 대해 말한 게 있나요?" 바룬이 물었다.

"아뇨...그런 얘기는 안 했어요." 산치의 머릿속은 아라브가 왜 그런 중요한 내용을 전에는 말하지 않았는지에 더 집중했다.

"내일 법정에서 중요한 심리가 있어요." 산치의 아버지가 말했다. "우리는 라케시 와디아가 진실을 말하고 있는지 알 수 없습니다. 직접 대면해서 해결하는 것이 최선입니다."

산치는 고개를 끄덕이며 동의했습니다. 그녀는 라케시 와디아가 거짓말을 하고 있다고 필사적으로 믿고 싶었습니다.

하지만 이 교묘한 사업가 거물이 이번에는 진실을 말하고 있다면 어떨까요?

장: 위협

그날 코트 분위기는 유난히 무거웠습니다. 적대감의 불꽃이 공중에 날아다니며 분위기를 무겁게 만들었습니다. 산치는 라케시 와디아가 변호사와 함께 앉아 있는 모습을 볼 수 있었다. 그는 자신만만해 보였다. 아라브는 그를 법정 밖에 내려주었다. 그는 산치와 단 몇 초 동안 눈을 마주쳤다. 그의 얼굴에는 갈등하는 표정이 역력했다. 아라브는 언론이 그를 붙잡기 전에 서둘러 자리를 떴다.

유족들도 함께 자리했습니다. 산치는 유리한 결과를 원했지만 아라브가 받은 협박 메모를 떠올리지 않을 수 없었습니다. 청문회는 평소와 같이 진행되었습니다. 증인 심문과 반대 심문이 이어졌습니다. 그날도 법원은 결정적인 판결을 내리지 못했습니다.

재판이 끝난 후 피고인들은 언론에 공식적인 언급을 하지 않고 곧바로 차량으로 향했습니다.

산치는 와디아 씨에게 연락을 시도했지만 소용이 없었다. 그녀가 할 수 있는 일은 아무것도 없었다. 그래서 그녀는 집으로 돌아왔다.

그날 저녁 산치는 와디아 씨로부터 또 한 통의 전화를 받았지만 이전 전화와는 사뭇 달랐습니다. 그의 목소리에는 당황한 기색이 역력했고, 그녀는 자신의 집에서 단둘이 만나자고 요청했습니다.

산치는 잠시 망설였지만 이 남자에게 한 번 기회를 주기로 했습니다. 또한 부모님을 불필요하게 걱정시키고 싶지 않았기 때문입니다.

산치가 도착했을 때 와디아 씨는 이미 서재에서 산치를 기다리고 있었습니다. 그의 앞에 놓인 것은 피처럼 보이는 붉은 페인트로 쓴 끔찍한 메모였습니다. 산치는 몇 개를 훑어보았다.

"살인자는 살 자격이 없다"

"모든 죄를 자백하라"

"괴물은 자비를 얻지 못할 것이다"

와디아 씨는 이렇게 적힌 쪽지를 보여주며 "요전 날 아라브의 방에서 발견한 겁니다."라고 말했다.

"네 아버지의 죄값을 목숨으로 치르게 될 것이다."

"산치, 아라브는 집에 돌아오지 않았고 전화도 연결되지 않아요."

"다른 쪽지는 받았나요?"

아라브의 아버지는 산치에게 그동안 손에 꼭 쥐고 있던 쪽지를 보여주었다.

"자백하지 않으면 아들이 죽는다"

"제 휴대폰으로도 메시지를 받았어요. *'감히 경찰이나 다른 누구에게도 연락하지 마라. 당신 아들의 목숨은 내 손에 달렸다. 자백만이 유일한 선택입니다. 24 시간을 주겠다.*

"이 메시지를 언제 받으셨나요?"

"3 시간 전이요. 대포폰으로 왔어요."

"아라브를 마지막으로 본 게 언제죠?"

"재판이 끝나고 사무실에 갔어요. 집에 돌아와서 아라브가 집에 돌아오자마자 집을 나갔고 그 이후로 연락이 안 된다는 사실을 알게 되었어요."

"왜 저한테 전화하셨어요? 제가 이 일을 꾸몄다고 생각하셨나요?"

"처음에는 그랬죠. 당신이 콜카타로 돌아온 후 이 모든 메모가 쏟아지기 시작했어요. 타이밍이 이상했어요. 그런데 오늘 아라브의 방에서 이걸 발견했어요."

"혼자 오지 않으면 당신의 진정한 사랑이 죽는다"

와디아 씨는 "아마 휴대폰으로 주소를 받았을 거예요."라고 계속 말했습니다. "그래서 오늘 연락을 드렸어요."

"아라브는 약혼했어야 하지 않나요? 위에 언급된 여자가 저라고 어떻게 확신하시나요?"

"아라브는 다른 사람에 관한 일이라면 제게 도움을 요청했을 텐데...... 하지만 당신이 관련되어 있으면 이성적으로 생각하지 못하죠."

"내가 누군가를 고용해서 이 일을 하지 않았다고 어떻게 확신해요?"

"멍청아, 나는 사람들을 상대하면서 전 재산을 모았어. 난 정직한 사람을 보면 알 수 있어. 하지만 그들은 또한 약해. 그리고 난 약점을 싫어해."

"하지만 전에도 저를 비난하셨잖아요...."

"그리고 여전히 당신을 탓하고 있어요. 네가 아니었다면 아라브는 이렇게 약하고 어리석지 않았을 거야. 이런 협박을 보낸 사람이 당신이 아니라는 걸 확인했음에도 불구하고 아라브는 당신 때문에 목숨을 걸었어요. 그리고 아라브에게 무슨 일이 생기면 반드시 대가를 치르게 할 겁니다."

"지금 협박하는 건가요, 아니면 도움을 청하는 건가요?"

"마음대로 생각하세요."

"내가 도움을 거부하면요? 그냥 자백하지 그래요?"

"정확히 뭘 자백해? 내가 누구를 죽였나요?"

"살릴 수 있었는데도 살리지 않은 건 훨씬 더 나쁜 짓이에요." 산치의 목소리는 거의 질식할 뻔했다. 그녀는 병원 화재의 이미지를 머릿속에 떠올리지 않으려고 최선을 다하고 있었다. 하지만 그녀의 노력은 헛수고였다.

"그래서 내 아들을 구하지 않기로 한 건가요?" 와디아 씨가 한참을 생각한 후 말했다. "드디어 복수를 하는 건가요?"

"어떻게 감히!" 산치의 눈에서 흐르는 눈물이 그녀에게 새로운 힘을 주었다. "내 가족이 겪어야 했던 고통과 괴로움을 알기나 해? 당신의 무능함이 우리 가족을 찢어놓았어요. 우리가 살아 있음에도 불구하고 우리의 영혼을 죽였어요. 누구를 죽였냐고 물었죠? 가서 희생자 명단을 확인해봐. 갓난아기들은 엄마 품에 안기기도 전에 죽임을 당했어. 사람들은 산 채로 불에 타서 아이들을 고아로 남겼습니다. 많은 사람들이 배우자를 잃었습니다. 세상에 내놓을 것이 많았던 청소년들은 목이 졸려 죽었습니다. 그들의 가족은 살아서 잘 살고 있을까요? 그들은 그저 살아서 정의를 기다리며 살아가고 있는데, 당신은 그들에게 정의를 허락하지 않았어요. 당신은 그들의 영혼을 죽였어. 누군가를 찔러 죽이지는 않았지만 손에 피를 묻혔습니다. 그리고 매번 법정에서 당신은 그들의 영혼의 일부를 짓밟고 그들의 희망을 목 졸라 죽여 조금 더 죽게 만듭니다."

두 사람은 한동안 말을 잇지 못했다. 와디아는 시가에 불을 붙이고 길게 한 모금 들이켰다. "내가 병원의 실수를 지적한다고 해서 뭐가 달라질까요? 경영진은 기업 과실 혐의로만 기소되고 벌금형과 최대 2~3 년 형을 선고받고 풀려날 거라는 걸 알잖아요. 이런 사건이 다시는 일어나지 않을 만큼 처벌이 강력할까요?"

"사건?" 산치가 뺨을 닦으며 말했다. "그건 학살이었어요!"

"그럼 자백하면 죽은 자들이 살아날까요?

얼마나 눈이 멀었으면 그래요? 산 자들에게 위안을 줄 수 있는 것은 감옥에 갇힌 세월이 아니야. 그들은 이미 인생의 가장 좋은 시절을 잃었어. 당신의 실수를 인정함으로써, 당신은 그들에게 사과를 하고 그러한 비극이 반복되지 않도록 모든 조치를 취하겠다는 진정한 확신을 주는 것입니다. 모든 것을 부정하는 것은 애초에 문제가 있었다는 사실조차 인정하지 않는 것이며, 피해자들의 정의를 부정하는 것입니다."

"그리고 이제 피해자들은 가해자가 되었습니다. 그게 정당한가요?"

"그렇지 않습니다. 아무리 고통이 심했을지라도 무고한 생명을 인질로 잡는 것은 결코 해결책이 될 수 없어요."

"이봐요, 인내심이 바닥나고 있어요." 와디아 씨가 시가를 불며 말했다. "아라브에 대한 감정이 조금이라도 있었다면 폭언을 멈추고 내 아들을 찾도록 도와줘요."

"제발 진심으로 사과하고 실수를 인정하세요."

"인생에서 배운 것이 있다면 아무도 믿지 말라는 것입니다. 피해자가 가해자로 돌변한 사람이 약속대로 아라브를 풀어줄 것 같나요? 어떤 형태로든 권력은 중독성이 있습니다. 신이 되어 정의를 실현하는 것이 어떤 것인지 맛본 사람은 사과로 만족하지 않을 것입니다. 그는 실제로....

실제로 내 아들을 죽일 때까지 멈추지 않을 것입니다." 와디아가 흔들린 것은 이때가 처음이었다. 용감한 무관심 전선에 마침내 균열이 생기기 시작한 것이다.

산치는 침묵을 지켰다. 자백을 받기 직전까지 갔지만 아라브의 목숨을 구하는 것보다 더 중요한 일은 없었다. 그녀는 조심스럽게 발걸음을 옮겼다.

"어떻게 도와드릴까요?"

"당신 아버지는 피해자 협회의 대표입니다. 모든 가족들을 잘 알고 있겠지. 혹시 전에 폭력적인 성향을 보인 사람이 있나요?"

"가족들 대부분이 상처를 많이 받고 온순한 분들입니다. 그들은 산산조각 난 자신의 삶을 돌보는 데 어려움을 겪고 있습니다. 어떻게 그런 치밀한 계획을 세울 수 있었을까요?"

"인간이 정신이 나갔을 때 할 수 있는 일에는 한계가 없어요. 더 열심히 생각해봐."

"당신이 그들을 무너뜨렸잖아요!" 산치는 이성적으로 생각하지 않으면 결정적인 단서를 찾을 수 없으므로 감정을 통제해야 한다는 것을 깨달았습니다. 그녀는 심호흡을 했다. 그녀는 마지막으로 참석했던 두 번의 회의를 떠올렸다.

"돕고 싶지 않으세요?"

"글쎄요, 믿으시는 게 좋을 겁니다. 관점을 바꿔서 다시 생각해 보세요."

산치는 열심히 생각했습니다. "그 모임에서 사람들이 한 일은 고통을 나누고 좌절감을 토로하는 것뿐이었어요...... 가끔씩 누군가가 화를 내는 발언을 했을 뿐이죠."

"가장 자주 화를 내는 사람은 누구였나요? 복수를 반복해서 언급하는 사람이 있었나요?"

산치의 머릿속에는 즉시 한 사람이 떠올랐습니다. "딸을 잃은 사람이 있는데... 그 사람이 한 말은 진심이 아니었을 거예요."

"그 사람은 누구고 무슨 말을 했죠?"

"그는... 외동딸을 잃은 슬픔을 견디지 못해 부인이 자살했어요...... 그는 종종 정의를 직접 실현하겠다고 말했죠."

"그가 정확히 무엇을 하고 싶다고 말했습니까?"

"음... 그는... 그는 정의를 실현하기 위해 잘못을 저지른 사람들은 산 채로 불태워야 한다고 말했어요."

"그의 이름을 말해줘요."

"프라딥 산얄 씨."

"완벽하군. 여러분, 이제 나오세요."

산치는 여러 사람이 방으로 들어오는 것을 보았다. 그들 중 몇몇은 제복을 입고 있었다.

"감사합니다, 부인. 진술에 따라 체포 영장을 발부하겠습니다." 어둠 속에서 막 나온 한 경찰관이 말했다."협조해 주셔서 감사합니다."

"뭐야! 무슨 일이야?"

"산치에 대해 설명하겠습니다." 와디아 씨가 말했다. "내 아들의 목숨이 위태로운데 내가 여기 앉아서 당신과 수다 떨고 있을 줄 알았어요? 나는 이미 경찰과 최고의 사립 탐정에게 알렸어요. 그들은 지금 이 순간에도 아라브를 은밀히 추적하기 위해 최선을 다하고 있어요. 그렇게 짧은 시간에 그렇게 많은 사람들을 개별적으로 심문하는 것은 불가능합니다. 당신의 진술이 확실한 단서를 제공했습니다."

"날 속이다니 믿을 수가 없네요...... 왜 직접 물어보지 않았나요?"

"솔직히 말해서 당신도 용의자 중 하나였어요. 만약 당신이 이름을 밝히지 않고 자백을 강하게 요구했거나, 우리 둘만 있고 내가 당신에게만 털어놓는다고 생각하면서 당신이 연루되었다는 힌트를 조금이라도 줬다면, 나는 당신을 심문했을 것입니다."

산치는 너무 놀라서 대답할 수 없었다. 그녀는 천천히 출구를 향해 걸어갔다.

전화벨이 울렸다. 그녀는 메시지를 보고 숨을 헐떡였다.

"아라브가 살아 있는 모습을 보고 싶으면 당장 그의 아버지의 자백을 받고 4시간 안에 혼자 오세요. 경찰에 알리면 그는 즉시 죽는다"

납치범이 이미 경찰이 개입했다는 사실을 알고 있고 그 때문에 시간을 단축했다는 뜻일까요? 산치는 와디아 씨와 협상하면 아라브의 목숨이 더 위험해질 수 있다는 것을 알고 있었습니다. 그녀는 자신이 해야 할 일을 알고 있었지만 도움이 필요했습니다. 일이 잘못될 경우를 대비해 누군가는 곁에 있어야 합니다. 지금 아라브가 의지할 수 있는 사람은 단 한 명뿐이었습니다. 그리고 그녀는 그 앞에서 강해져야 했습니다.

산치가 집에 도착했을 때는 이미 바룬이 밖에서 기다리고 있었다. "메시지 받았어. 급한 일이라면서요. 무슨 일이야? 무슨 일이야?"

"미안, 밖에서 기다려야 했어. 오늘 밤 가족 저녁 식사 초대가 있었는데 깜빡 잊고 있다가 마지막 순간에 건너뛰게 되었어요." 산치가 문을 열며 말했다.

"흥미롭군요. 여자애가 부모님이 집에 안 계실 때 저한테 전화하다니요." 두 사람이 응접실로 통하는 복도에 서자 바룬이 웃으며 말했습니다. "무슨 얘기를 하고 싶으세요?"

"보여줄 게 있어요." 산치가 바룬을 방으로 안내했다.

"점점 더 재미있어지네요. 그래서 이 여자애가 날 자기 방으로 데려가는 거야." 바룬이 침대 가장자리에 앉아 말했다.

산치는 희미하게 웃었다. "어떤 상황이든 밝게 만드는 힘은 오직 당신만이 가지고 있죠."

"그래서 칭찬으로 시작하죠." 바룬이 말을 이어갔다.

산치는 서랍을 꺼내 파우치 안쪽에서 쪽지를 꺼냈다. "이게 제가 보여드리고 싶었던 거예요." 그녀가 그의 옆에 앉아 말했습니다.

"이게 뭐야? 연애편지인가요?"

"이건 연애편지는 아니지만 제 여동생이 저에게 쓴 사랑이 가득 담긴 편지입니다. 이 편지는 최근에 제 손에 들어왔는데 이 편지를 전달한 사람이 심각한 위험에 처해 있어요. 그 사람을 구해서 감사의 마음을 전하고 싶어요."

바룬은 쪽지를 읽은 후 "누나가 당신을 정말 사랑했군요."라고 말했습니다. "하지만 지금 당장 자세한 내용을 알려주세요."

산치는 편지를 받은 경위와 편지를 읽게 된 계기를 설명했습니다.

"아라브가 위험에 처했다는 건가요? 어떻게요?"

산치는 와디아 저택에서 무슨 일이 있었는지 그에게 말했다. 그리고 그 직후에 받은 메시지를 보여줬어요.

"산치, 이건 심각한 일이야! 아라브뿐만 아니라 당신도 위험할 수 있어요. 이걸 다른 사람에게 보여줬나요?"

"아니요. 더 많은 사람이 관여할수록 더 위험해져요. 당신도 위험해질 수 있어요. 당신을 연루시켜서 미안하지만 누구에게 의지해야 할지 몰랐어요."

"산치, 날 봐요." 바룬이 그녀의 어깨에 손을 얹으며 말했다. "당신이 힘들 때 가장 먼저 떠올리는 사람이 나라는 걸 알면 정말 큰 기쁨을 느껴요.

하지만 네 마음속에 뭔가 무모한 일이 일어나고 있다는 걸 알고 있고, 그걸 막으려고 왔어."

"바룬, 넌 항상 나에게 잘해줬어. 보답하지 못해서 죄책감이 들어요."

"바룬은 한 손으로 심장을 찌르는 동작을 취하며 침대에 쓰러졌고, 곧바로 자세를 바로잡아 산치의 무릎에 머리가 닿도록 했다. "당신 침실에서 나를 거부하기엔 너무 잔인하지 않아요?" 산치가 말했다.

"미안해...난..." 산치가 일어나려 했지만 바룬이 말렸다.

"잠깐만 쉬게 해주세요. 아름다운 여자에게 칼에 찔렸어요." 바룬이 눈을 감고 말했다. "침실에서 거절당하는 것도 나름의 특권이 있죠."

그들은 몇 분이 지나는 동안 조용히 기다렸습니다. 산치는 다른 메시지가 도착했는지 휴대폰을 계속 확인하고 있었다.

"애도 기간은 끝났어요." 바룬이 침대에 똑바로 앉아 말했다. "이제 계획이 뭐죠?"

"아라브의 아버지를 만나기 전에 휴대폰 녹음을 켜두었는데, 혼자라서 혹시 모를 돌발 상황에 전혀 대비할 수 없었기 때문이에요. 하지만 그는 아마 그걸 눈치채고 자백으로 사용할 수 있는 말을 하지 않았을 거예요."

"그래서?"

"그래서 음성 샘플과 인터넷에서 구할 수 있는 여러 앱 중 하나를 이용해 가짜 음성을 녹음할 거예요. 이 가짜 자백서를 펜 드라이브에 넣고 다니면서 아라브를 안전하게 만나고 나서야 넘기겠다고 말할 거예요. 경찰이 가짜라는 걸 알아차릴 때쯤이면 저는 이미 아라브와 함께 있을 거예요. 가장 중요한 건, 산얄 씨와 만나게 되면 그와 대화할 수 있을 거라는 거예요. 그는 상황의 희생자이고 저는 그의 고통에 공감할 수 있습니다."

"당신의 계획은 위험합니다. 이 납치가 아마추어에 의해 이루어져야만 성공할 수 있지만 모든 것이 순조롭게 실행되는 것을 보면 전문가가 관여했을 수도 있습니다."

"다른 선택의 여지가 없고 시간이 얼마 남지 않았습니다."

"알겠습니다. 하지만 의심스러운 점이 있으면 영웅이 되어 혼자서 모든 사람을 상대하지 않겠다고 약속해줘요."

"알았어, 조심할게."

두 사람은 재빨리 진짜처럼 들리는 믿을 만한 고백을 만들어 냈습니다.

"이제 어쩌죠?" 바룬이 물었다.

"이제 그들의 메시지를 기다려야죠." 산치가 초조하게 대답했습니다.

오래 기다릴 필요는 없었습니다. 산치가 주소를 받자마자 전화벨이 울렸습니다.

"이 건물은 협회가 월례회의를 개최하는 장소 근처에 있습니다. 곧 철거될 예정이라 비어 있습니다." 산치가 메시지를 읽으며 말했다.

"산치, 정말 이러고 싶어요?"

"네, 이 방법밖에 없어요."

산치는 이동하는 내내 휴대폰을 계속 쳐다보았습니다. 새로운 메시지는 없었습니다. 마감 시간 20분 전에 도착할 예정이었다.

낡고 오래된 건물이 서서히 시야에 들어왔다. 그 광경을 본 산치는 공포에 질려 얼어붙었습니다. 건물에서 짙은 연기가 뿜어져 나오고 있었다.

건물은 이미 불타고 있었습니다.

장: 고백

산치는 발걸음을 멈췄다. 그녀의 머릿속에는 오직 한 가지 생각뿐이었다.

"안 돼, 안 돼. 제발 신이시여" 그녀는 울부짖었다. "아라브를 무사하게 해주세요."

이미 작은 군중들이 모여들었다. 산치는 군중을 뚫고 선두에 섰다. 소방관들이 상황을 통제하려고 애쓰고 있었다. 그녀는 아라브를 들여보내 달라고 했지만 이미 경계선이 만들어져 있었다.

멀리서 산치는 아라브의 아버지를 발견했습니다. 그는 아라브의 집에서 봤던 수사관들과 이야기를 나누고 있었다. 그런데 어떻게 이렇게 빨리 이곳을 발견했을까요?

"미안해, 산치." 바룬은 잘 들리도록 작게 외치며 말했다. "네가 위험에 처하는 걸 지켜볼 수 없었어. 도움을 받아야 했어."

"도움?" 산치가 어리둥절해하며 물었다. "그리고 그게 우리를 어디로 이끌었는지 보세요!"

"산치, 미안해. 이렇게 빨리 행동할 줄은 몰랐어요."

산치는 곧장 건물로 달려가려 했지만 바룬이 단단히 붙잡았다.

"날 놔줘." 그녀가 소리쳤다. "아라브가 아직 안에 있을지도 몰라요."

이때 와디아 씨가 소란을 알아차렸다. 두 사람의 눈이 잠깐 마주쳤고 그는 그녀를 향해 곧장 걸어갔다.

"산치, 아라브는 안전해요." 그의 목소리는 확고하고 안심시켰다. "병원에 있어요."

산치는 몸부림을 멈췄다. 그녀는 불에 대한 두려움을 밀어내기 위해 온 힘을 다했다. 하지만 아라브가 무사하다는 것을 알고 나니 더는 버틸 수가 없었다.

"당신이 바룬이군요. 정보 주셔서 감사합니다. 큰 도움이 되었어요." 와디아 씨가 바룬을 바라보며 말했다. "산치를 내 차로 데려가서 쉬게 해줘요."

"아니요." 산치가 말했다. "아라브에게 데려다주세요. 그가 괜찮은지 봐야겠어요."

와디아 씨는 읽을 수 없는 표정으로 산치를 바라보았다. "그래, 그렇게 해. 내가 여기서 마무리할게요. 매듭을 지어야 할 일이 몇 가지 있거든요."

병원에 도착한 후 의사는 아라브가 위험하지는 않지만 휴식이 필요하다는 진단을 내렸습니다.

산치의 전화가 울렸습니다. 사실 계속 울리고 있었다. 그녀는 너무 정신이 팔려서 알아차리지 못했을 뿐입니다. 부모님은 물론 신혼여행 중이던 라이마와 프라틱의 전화도 놓쳤습니다. 하지만 그녀는 누구와도 이야기할 기분이 아니었다.

"산치. 휴대폰을 확인해 보세요." 바룬이 말했다. "당신 아버지가 이걸 보내서 우리 행방을 묻고 있어요."

산치는 대답하지 않았다.

"아직 화나신 건 알지만 한번 보세요." 바룬이 휴대폰에서 영상을 열어보았다. 오늘 화재 현장의 뉴스 녹화 영상이었다. 카메라에는 건물로 뛰어들려는 산치와 이를 막는 바룬의 모습도 찍혀 있었습니다. "사랑하는 사람들이 걱정하고 있어요."

산치는 여전히 대답하고 싶지 않았지만, 사랑하는 사람을 걱정하는 마음이 어떤 것인지 잘 알고 있었습니다. "우리가 무사하고 돌아오면 모든 것을 설명하겠다고 전해주세요."

그들은 한 시간 동안 기다렸고 의사는 아라브가 의식을 되찾았고 그들을 만날 준비가 되었다고 발표했습니다.

"산치가 누구죠?" 그가 물었다. "당신이 먼저 가세요. 그가 깨어나기 전에 당신을 몇 번 불렀어요."

산치는 천천히 병실로 걸어 들어왔다. 간호사가 그의 팔에 연결된 정맥주사를 고치고 있었다. 두 사람의 눈이 마주치자 아라브는 즉시 일어나려고 했다. "조금만 더 누워 계세요." 간호사가 말했다.

"안녕하세요! 지금 기분이 어떠세요?"

"당신을 보니 기분이 좋아요."

"왜 그들의 함정에 걸어 들어가야 했나요?"

"그들이 네 목숨을 위협했어, 산치."

"그래서? 무슨 액션 영웅처럼 그냥 들어가겠다고?"

"그건 네가 더 잘하잖아."

두 사람 모두 생각에 잠긴 정적이 흘렀다. 마침내 아라브가 침묵을 깼다.

"산치, 나에 대해 말하지 않은 면이 있어요. 제가 어리고 약했을 때 항상 저를 괴롭히던 아이가 있었어요. 무술을 배우고 나서 강해졌지만 여전히 저를 괴롭혔어요. 어느 날 저는 이성을 잃고 그 아이의 옷이 피투성이가 될 때까지 계속 때렸어요. 그가 사과하기 시작했을 때 멈출 수도 있었어요. 진심이라는 걸 느낄 수 있었거든요. 하지만 저는 제가 가진 힘을 사용하는 것을 즐겼고 멈추고 싶지 않았습니다.

이 모든 사건은 어머니가 조용히 처리했습니다. 어머니는 저를 크게 꾸짖지 않으셨어요. 하지만 어머니가 '넌 네 아버지를 쏙 빼닮았다'고 하신 한 마디가 아직도 기억에 남아 몸서리칩니다.

저는 매일 일어나서 어머니가 틀렸다는 것을 증명하려고 노력합니다..."

"아라브, 우리 부모님은 우리를 정의하지 않으셔. 그 말이 틀렸다는 걸 증명하기 위해 선행을 베푸는 건 사랑에서가 아니라 두려움에서 비롯된 것 아닙니까?"

"내 안에 아버지의 본능이 있다면?"

"네 아버지의 본능은 강력하다. 그 본능을 받아들이고 세상을 더 나은 곳으로 만드는 데 사용해라. 우리는 힘을 쓸 줄 아는 사마리아인이 필요해."

아라브는 눈을 감고 산치의 말에 귀를 기울이며 그녀의 모든 말을 흡수하려고 노력했습니다.

"산얄 씨가 이런 짓을 했다는 게 믿기지 않아요." 산치가 계속 말했다. "그는 당신을 납치함으로써 모든 희생자 가족들의 명예를 실추시켰어요."

"희생자 중 한 명이 한 짓은 아닌 것 같아요, 산치. 이 놈들은 다른 누군가가 고용한 놈들이야. 저를 인질로 잡고 나서 화재 참사나 법정 소송, 자백에 대한 언급은 전혀 없었죠."

"네 말이 맞다, 아들아." 와디아 씨가 방으로 들어왔다. 그의 뒤를 이어 바룬이 의사의 만류에도 불구하고 그냥 들어왔다는 제스처를 취했다.

"아빠..."

"적시에 정보를 제공한 공로는 여기 바룬에게 있습니다."

"난 아무것도 안 했어. 산치가 목숨을 잃는 게 싫었을 뿐이야." 바룬이 어깨를 으쓱했다.

"고마워, 바룬. 나와 산치의 목숨을 구해줘서." 아라브가 진심을 담은 목소리로 말했다.

"아라브의 추측이 맞다는 게 무슨 뜻이죠?" 산치가 물었다.

"범인 중 한 명이 잡혔고 그를 심문하면서 이 사건에 새로운 차원이 생겼어요. 그들은 어떤 자백도 원하지 않았어요. 그들은 단순히 이 사건을 통해 내

평판을 더럽히고 유일한 상속자인 아라브를 죽이려 했을 뿐이에요."

"그럼 사업 라이벌 중 한 명이 범인이라는 건가요?" 바룬이 물었습니다.

"이번 일로 가장 큰 이득을 볼 수 있는 사업 파트너 중 한 명일 수도 있습니다. 조사가 끝나면 확실히 알 수 있을 겁니다."

"그럼 피해자나 그 가족은 전혀 연루되지 않았다는 건가요?" 산치가 안도하는 목소리로 말했다.

"네. 당신이 알려준 단서는 무혐의이고 이미 풀려났어요."

"아빠, 저는 제 가족의 목숨을 담보로 하는 사업에 참여하고 싶지 않아요."

한동안 아무도 말을 하지 않았습니다.

"이건 네 인생이다, 아들아. 네가 원하는 대로 살아라."

그들은 그 말을 믿을 수 없었습니다. 하나뿐인 아들을 잃고 동업자에게 배신당할지도 모른다는 두려움이 마침내 그의 생각을 바꾼 걸까요?

"하지만 유산을 받고 싶다면 사업에 참여해야 합니다." 와디아 씨는 모두의 반응에 약간 흥분한 듯 잠시 멈칫하다가 말을 이어갔습니다.

"이제야 이해가 되네요." 바룬이 중얼거렸습니다.

"진심이에요, 아빠? 건강 상태가 좋지 않으시잖아요."

"내 건강은 네가 돌봐줄 수 있어. 경영 전문가를 고용해 사업을 돌볼게요."

"우리 대학에 와서 일자리를 알아보세요. 좋은 일자리가 많을 겁니다." 바룬이 웃었다.

"환자를 좀 쉬게 해주세요." 병실에 들어선 의사가 말했다.

"새벽 3시가 다 되어가니 두 사람을 집에 데려다 줄게요." 와디아 씨가 평소처럼 명령하는 말투로 말했다.

산치와 바룬은 그를 따라 나갔다.

"산치, 우리 삶은 우리가 생각하는 것만큼 순탄하지 않아요. 우리가 내리는 결정 중 상당수는 우리가 내리는 것도 아니야. 그저 정해진 절차를 따를 뿐이죠." 와디아 씨가 차에 올라타서 말했다.

"무슨 뜻이죠?"

"냉혹한 사실을 말씀드리겠습니다. 병원은 '코드 브라운'이라는 위험한 소방 정책이라는 운영 전략을 세웠어요. 코드 브라운은 기관의 대외적인 평판을 유지하고 유료 고객을 유지하기 위해 채택한 것입니다. 이 규정에 따라 직원은 소방서나 경찰서 등 외부 기관에 신고하기 전에 기본적으로 내부 자원을 활용해 사내에서 화재를 진압하려고 시도합니다. 화재 진압에 실패한 경우에만 직원이 외부 기관에 알려야 합니다. 이러한 기관에 알리면 화재 소식이 공개되고, 이러한 소식으로 인해 사람들이 민간 병원으로 치료를 받으러 오는 것을 막을 수 있어 수익 손실로 이어질 수 있습니다."

"코드 브라운은 문제가 있는 정책 아닌가요? 코드 브라운은 기업의 이익을 보호하는 데 초점을 맞추고 공공의 안전을 위협하는 반면, 병원에서 공공의 안전은 타협할 수 없는 원칙이어야 합니다.

치료를 받으러 오는 사람들은 신체적으로 취약합니다."

"가장 큰 문제는 병원에 상근 소방관이 없고 직원들에게 화재 위기 상황에 대처할 수 있는 적절한 교육을 실시하지 않았음에도 불구하고 이 정책을 따랐다는 점입니다."

"왜 이런 얘기를 하는 거죠?"

"산치, 나도 늙어가고 있어. 신경 쓰이는 일을 항상 무시할 수 있는 건 아니잖아요."

"이런 일이 신경 쓰이신 적 있으세요?"

와디아 씨는 대답하기 전에 슬픈 미소를 지었다. "그날 밤, 저는 화재에 대한 정보를 처음 접한 몇 안 되는 사람 중 한 명이었습니다. 병원 방침을 먼저 따라야 한다는 정보를 받은 모든 사람이 함께 내린 결정이었죠. 상황이 이렇게 빨리 확대될 줄은 몰랐습니다."

"병원 측에서 조금만 더 적극적으로 대처했더라면 이 모든 일을 막을 수 있었을 텐데... 제 동생은 지금 살아 있을 것이고.... 제 가족은 이 고통을 견뎌낼 필요가 없었을 겁니다."

"그럴지도 모르죠. 시간을 되돌릴 수는 없잖아요." 와디아 씨가 읽기 어려운 표정으로 말했다. "이봐요, 당신 집에 도착했어요."

산치는 한참을 기다렸다가 차에서 내렸다. "고마워요." 그녀가 말했다.

"안녕히 가세요." 와디아 씨가 차가 속도를 내며 말했다.

"어서, 산치. 안으로 들어가자. 네 부모님이 걱정하고 계셔." 바룬이 말했다. "그리고 너에게 알리지 않고 그런 결정을 내려서 정말 미안해... 하지만 다시 할 수 있다면 다시 할 거야."

"알아요." 산치는 어둠 속에서 바룬의 표정을 볼 수 없었다. "그리고 난 그것에 감사해. 난 너무 무서웠고 화가 났었어. 미안해, 너한테 화풀이했어."

바룬은 산치를 가까이 끌어당겨 안아주었다. "내가 하고 싶은 복수가 있어." 그는 그녀의 귓가에 속삭였다.

산치는 희미한 빛 속에서 그의 표정을 읽으려고 고개를 들었다. "무슨 복수?"

"내가 너보다 더 취하면 알게 되겠지." 그가 입술을 그녀의 입술에 위험할 정도로 가까이 가져가며 말했다.

바룬은 산치에게 이마 키스를 하고는 그녀를 놓아주었다. 둘은 조용히 건물 안으로 들어갔다.

"산치! 어디 갔었어?" 산치의 어머니가 문을 열자마자 울부짖었다. "무슨 일 있니? 뉴스 봤어요…"

"니샤, 불쌍한 아이부터 앉게 해줘요." 이미 식탁에 앉아 있던 산치의 아버지가 물 한 잔을 따라주며 말했다. "그다음에 질문을 할 수 있을 거야."

산치가 모든 것을 설명할 때쯤이면 이미 어둠을 뚫고 첫 햇살이 비치고 있었습니다.

다음날 아침 라이마는 무슨 일이 있었는지 물어보기 위해 전화를 걸었습니다. 그녀는 산치가 자세한 이야기를 들려주자 흥분한 기색이 역력했습니다.

"이 모든 일이 일어났는데 당신은 나에게 힌트도 주지 않았어요!"

"라이마, 신혼여행 중이잖아..."

"가장 친한 친구의 목숨이 위태로운데 우리가 앉아서 영국식 아침 식사를 즐길 거라고 생각했어?"

산치가 그녀를 진정시키는 데는 한참이 걸렸다.

"산치, 아라브와 재결합할 생각은 아니겠지! 네 엄마가 널 버릴 거야."

"지금은 누구와도 사귀는 게 최우선 순위가 아니에요."

"프라틱이 아라브의 약혼이 취소됐다고 말해줬어요. 아직 정확한 내용은 모르겠어요."

"당신은 정말 세기의 뉴스 전달자군요."

"솔직히 말해봐요. 바룬 때문에 한 번이라도 마음이 설레지 않았어요?"

산치는 침묵을 지켰다. 어젯밤의 짧은 대화가 머릿속에서 되풀이되었다.

"라이마, 현실에서 우리의 해피엔딩이 항상 깔끔하게 포장되어 있는 건 아니라는 걸 깨달았어. 매듭이 너무 지저분해서 선물을 뜯지도 못할 때도 있어."

"여보, 그냥 칼로 자르면 되잖아!"

두 사람은 당면한 불가능한 상황에 크게 웃었습니다.

"라이마, 진지하게 말하자면 이 법정 소송이 계속되는 한 아라브와 가까워질 수 없을 것 같아. 언젠가 이 모든 일이 끝나고 나면..."

"그리고 아라브는 아내와 두 아이가 있는데..."

"정말 같이 놀아줄 기분은 아니지?"

"그냥 동의하지 않아서 기뻐요."

"이 우울한 주제에 대해선 충분합니다. 공유할 좋은 소식이 있다면서요."

"그래요. 미스터리 룸에서 전화를 받았어요. '결혼식 날'이라는 제목의 방 탈출 게임을 디자인해 달라는 요청과 함께 향후 콘셉트 디자인에 참여할 의향이 있는지 물었죠."

"멋지네요! 승낙하셨나요?"

"진지하게 고려 중입니다."

"제발 승낙해 주세요. 우리 둘 다 우리 삶에 콘텐츠가 부족하지 않다는 걸 알잖아요."

"그런데 산치, 어젯밤 아라브의 아버지가 한 말 어떻게 생각해요?"

"개인적으로는 오만하고 뒤틀린 태도였지만 문제를 인정해줘서 다행이에요. 이는 바로잡기가 진행 중이라는 뜻이죠. 같은 실수를 두 번 반복하고 싶지 않을 테니까요. 게다가 이런 일들은 이미 공개적으로 드러났고 검찰이 수사 중입니다. 법정 절차는 느리고 세밀합니다. 따라서 법정에서 무언가를 증명하는 것은 매우 어렵습니다. 가장 중요한 것은 법 자체가 진정한 정의를 실현할 만큼 강력하지 않다는 점입니다."

"처벌받아 마땅한 사람들을 올바르게 처벌할 수 있도록 법이 바뀌었으면 좋겠어요."

"인도의 법은 법률 개정과 헌법소원이라는 두 가지 방법으로 바꿀 수 있습니다."

"정확히 어떻게 이루어지나요?"

"첫 번째 방법은 의회에서 기존 법률에 대한 수정법이 제안되는 것입니다. 보통 정부 장관이 제안하지만, 통과되는 경우는 드물지만 개인이 발의하는 법안도 있을 수 있습니다."

"그건 불가능해 보이네요. 두 번째 절차는 무엇인가요?"

"두 번째 방법은 해당 법령이 위헌으로 결정되는 것인데, 이 경우 문제가 되는 법률 조항이 법령에서 삭제되거나 경우에 따라서는 법령 전체가 위헌으로 선언되어 법률로서 존재하지 않게 됩니다."

"위헌이 된다는 것은 무엇을 의미하나요?"

"해당 법령이 우리 헌법이 보장하는 기본권을 침해한다는 것이 증명되어야 합니다."

"하지만 그걸 증명하는 건 쉽지 않을 텐데요."

"네, 쉽지 않을 겁니다. 하지만 인생에서 쉬운 일은 없죠."

"좋아, 우울하고 암울한 얘기는 그만하자. 부모님은 어떠셔? 아직도 싸우시니?"

"엄마는 더 이상 아빠를 원망하지 않아요. 아빠가 돌아와서 너무 행복하고 감사해 하세요. 사실, 그들은 잃어버린 모든 시간을 보상하려고 노력하고 있습니다."

"먼 길을 왔구나, 산치."

"우리 모두 그랬어, 라이마."

두 소녀는 전화를 끊기 전에 몇 번 더 회상했습니다. 산치는 해피엔딩에 대해 궁금해졌습니다. 동화책에만 존재하는 신기루였을까?

"산치, 시간이 됐어." 엄마가 재촉했다.

"네, 엄마. 지금 갈게요." 산치가 대답했습니다. 그들은 다쿠리아 호수의 기념비에서 특별한 모임을 가질 예정이었어요.

이번에는 산치의 머릿속에 떠오르는 생각이 확연히 달랐습니다. 호수를 따라 걷는 동안 물은 반짝이는 햇살에 반짝반짝 빛났습니다. 산치는 신선한 공기를 마시며 폐에 최대한 많은 공기를 채웠습니다. 웃음소리와 불협화음이 더 이상 멀게 느껴지지 않았습니다. 산치는 공감할 수 있었습니다. 그리고 언젠가 언젠가는 우스꽝스러운 농담도 웃으며 거침없이 살기를 바랐습니다. 불가능해 보이지는 않았습니다. 산치는 아주 오랜만에 자신과 평화로워졌습니다.

그녀가 추모비 앞에 다다랐을 때 이미 낯익은 인물이 흰 장미 한 송이를 놓고 촛불을 켜고 있었습니다. 그는 그곳에 잠시 머물다 곧 자리를 떠났습니다. 산치는 마스크를 통해 그를 알아봤지만 그의 이름을 부르지 않았습니다. 그녀는 그가 어떻게 그곳에 있을 수 있는지 궁금했다. 어쩌면 그녀가 뭔가를 보고 있는지도 몰랐다.

산치는 해가 질 때까지 호숫가에 앉아 있었다. 석양이 지면서 새로운 생각이 떠올랐다. 산치는 내일이면 일상으로 돌아가야 했다. 그리고 이번에는 정말 평범하게 느껴졌습니다. 마치 슈루티가 그녀를 안내하고 각 단계마다 그녀를 촉구하는 것 같았습니다. 그녀는 더 이상 외롭지 않았습니다. 마음속의 공허함이 채워졌기 때문입니다.

"산치! 이리 와, 집에 가자. 늦었어." 그녀의 어머니가 멀리서 외치고 있었다. 아버지는 미소를 지으며 손을 흔들고 있었다. 석양을 배경으로 찍어둘 만한 실루엣이었다. 사랑은 아무리 강한 고난도 이겨냅니다.

산치는 이제 자신에게 더 큰 목적이 있다는 것을 알았습니다. 아무리 어리석고 심각한 이유라도 여전히 자신은 사랑받을 자격이 없다고 생각하는 산치와 같은 사람들이 너무나 많다는 것을요. 사람들은 항상 남을 탓할 이유를 찾지만 최고의 사람들은 자신을 탓할 이유를 찾습니다. 예민함에는 많은 단점이 있는 것 같습니다. 하지만 감수성은 비난의 대상이 아니라 키워야 할 대상입니다. 그녀는 가능한 한 많은 사람들을 돕겠다고 스스로에게 약속했습니다.

산치는 입가에 미소를 띠고 가슴에 사랑을 품은 채 부모님을 향해 걸어갔습니다. 그녀는 마침내 자신을 채우는 것이 무엇인지 깨달았습니다. 다른 사람의 사랑을 받으면 걱정을 잊을 수 있습니다. 그러나 진정한 만족은 자신을 용서하고 사랑할 때만 찾아옵니다. 그리고 그 때 비로소 세상에 보답하고 사랑을 베풀 수 있습니다.

인생의 고난은 계속될 것입니다. 외부적인 요인은 여전히 남아 있지만 그 모든 혼란 속에서 행복을 찾는 것은 까다로운 부분입니다.

산치는 부모님을 갑자기 안아주었습니다.

아버지는 그녀의 등을 토닥이며 말했습니다.

"특별한 건 없어요. 그저 평범한 순간을 특별하게 만들려고 노력했을 뿐이에요." 산치가 웃으며 말했습니다.

"이제 좀 더 편안해 보이네요."

"네. 저를 포기하지 않고 믿어줘서 고마워요.

"우리가 너에게 감사해야지." 산치의 어머니가 말했습니다.

그들은 추모관을 떠나면서 정의를 향한 그들의 여정이 아직 끝나지 않았다는 것을 알았습니다. 하지만 그들은 더 이상 무너지지 않았습니다. 그들은 의지할 수 있는 서로가 있었기 때문입니다.

.

에필로그:

또 1년이 지났다. 산치는 일로 바쁘게 지냈지만 가족이 필요할 때를 대비해 항상 곁에 있었습니다. 주말에는 여러 비정부기구에서 자원봉사를 하곤 했습니다. 오늘도 그런 주말 중 하나였습니다.

산치는 두 명의 아이들이 놀고 있는 것을 보러 들어갔습니다. 아이들은 산치를 보자마자 멈춰서서 서로 속삭이기 시작했습니다. 어떻게든 산치를 알아본 것 같았어요. 하지만 산치가 이 성게 보호소에 들어온 것은 이번이 처음이었습니다.

"실례합니다. 관리인 사무실이 어디죠?" 산치가 물었다.

"안녕하세요. 사무실은 저쪽에 있는데 선생님은 여기 계세요. " 아이들이 멀리서 두 명의 아이들과 함께 축구를 하고 있는 사람을 가리키며 말했다. "알려드리는 동안 기다려주세요."

산치는 사무실로 들어가 자리에 앉았다. 기다리는 동안 그녀의 눈은 책상 위에 놓인 사진에 떨어졌습니다. 그녀는 미소를 지었다.

"안녕, 산치." 익숙한 목소리가 말했다. "당신을 기다리고 있었어요."

산치는 활짝 웃으며 이 비영리 단체의 설립자와 얼굴을 마주했습니다.

www.ingramcontent.com/pod-product-compliance
Lightning Source LLC
LaVergne TN
LVHW091625070526
838199LV00044B/941